O amor não tem bons sentimentos

Raimundo Carrero

O AMOR NÃO TEM BONS SENTIMENTOS

ILUMINURAS

Copyright © *2007:*
Raimundo Carrero

Copyright © *desta edição:*
Editora Iluminuras Ltda.

Capa:
Carlos Clémen
sobre *Mörder, Hoffnung der Frauen* (1910), desenho, Oskar Kokoschka.

Revisão:
do autor
Leticia Castello Branco

DADOS INTERNACIONAIS DE CATALOGAÇÃO NA PUBLICAÇÃO (CIP)
(Câmara Brasileira do Livro, SP, Brasil)

Carrero, Raimundo
 O amor não tem bons sentimentos / Raimundo Carrero. — São Paulo : 3. Reimpressão - Iluminuras, 2021.

 ISBN 978-85-7321-261-7

 1. Romance brasileiro I. Título

07-2388   CDD-869.93

Índices para catálogo sistemático

1. Romances : Literatura brasileira   869.93

2021
EDITORA ILUMINURAS LTDA.
Rua Inácio Pereira da Rocha, 389 - 05432-011 - São Paulo - SP - Brasil
Tel./ Fax: 55 11 3031-6161
iluminuras@iluminuras.com.br
www.iluminuras.com.br

ÍNDICE

O AMOR NÃO TEM BONS SENTIMENTOS

1. Uma menina morta. E estava nua 15
2. Eu sou filho? Nem pai nem mãe 23
3. Louco tem cada loucura 41
4. Desconfiei de um discretíssimo batom 51
5. Dai-me, Senhor, o dom do suicídio 59
6. Nunca tive amigos nem sinto falta 65
7. Vou tirar você daí, lindeza 71
8. E se ela estivesse com a boca cheia de peixes? 75
9. Beijos e delícias — um ritual das lágrimas 83
10. As revolutas do pensamento 95
11. As roupas da menina morta 101
12. A beleza resignada 107
13. Fumava formiga com piteira 115
14. Meus pensamentos nunca me obedecem 123
15. Vou enganar os pensamentos de Dolores 135
16. *A pessoa mata, toma banho, vai dormir e depois esquece* 143
17. Não vou ser derrotado por um gole de café 149
18. Todo mundo devia ter uma perna só 157
19. Um cachorro de cartucheira. E com revólver 171
20. Nem eu mesmo sabia que era eu 179

SOBRE O AUTOR 195

Este livro é de Marilena.

Para Rodrigo e Diego,
Adriana e Renata.

E para Maria Nina e Maria Helena,
é claro

TAL QUAL TAL

Erickson Luna

*É que a mim
deu de ser
doido dado
a viver
rir ao vento
alhear*

*Deu em mim
de me dar
deu de vir
e passar
doido enfim
tal qual tal*

1. Uma menina morta. E estava nua

A única coisa de que me lembro assim num repente é da menina nas águas. E também do calor. Talvez estivesse quente. Fazia sempre tanto calor em Arcassanta, tão seco e tão pegajoso, que se tornou impossível saber se sentira aquilo naquele instante ou se em outro momento qualquer da minha vida — da minha inesperada, estúpida e extraviada vida. Eu devia estar de cócoras.

Sempre ficava de cócoras. Era um hábito, um velho hábito, um hábito muito antigo de quem desde menino, não tendo o que fazer, nem de que maneira se divertir, ficava ali contemplativo diante do rio selvagem, selvagem e imundo, apesar dos peixes dourados. Via as águas escuras, barrentas, encrespadas de leve pelo vento, pouco e raro vento.

As professoras e as autoridades vinham aqui na escola dizendo a morte está nas águas, dali a morte vê vocês, não se pode pescar nem beber, nem fazer qualquer outra coisa, distribuíam papéis com crianças e adultos, reunidos à noite com os pais na sala de aula, paredes pichadas com desenhos de órgãos sexuais, palavras em inglês, símbolos de traficantes, monstros de muitas pernas e braços.

Faziam demonstrações no quadro-negro, exibiam cartazes cheios de micróbios, bactérias, vírus, aquelas coisas nojentas. Mesmo assim às vezes eu arriava as calças, me acocorava e expulsava minhas sujeiras embaixo da árvore do rio, nas margens.

Era por isso que não se podia pescar nem beber. Eu sozinho, não. Todos, todos. Quer dizer, todos daqui e de outros lugares, porque para essas margens vinham também os desempregados, os desenganados e os excluídos. Havia frutos podres e peixes com veneno. Desejavam a vida e encontravam a morte. Expulsos e mortos. Quem morre não está sendo expulso da vida? O corpo boiava.

Fiquei recordando os momentos mais recentes de nossa vida, o meu passado não chegava longe demais, não saía de perto, de muito perto, tão perto, e só podia me lembrar daquelas coisas que foram se juntando para formar o que se chama a existência, sentado de cócoras. Com certeza posso dizer agora que eu estava mesmo de cócoras, sentia calor. Procurava esses momentos que clareiam minha alma.

Somente de calça, sem camisa, descalço, olhava o corpo de Biba, minha irmã, boiando nas águas do Capibaribe.

Nua, estava nua, e nem era uma mulher ainda. Nua e morta. Lindeza de pernas e coxas, macias, macios peitos e terno ventre, meu peixinho dourado.

Era apenas uma menina. Boiava nas águas barrentas do rio. Os braços abertos, as pernas abertas, o sexo aberto posso assegurar porque conheço o segredo do seu corpo. Morreu nua, desde cedo não gostava muito de roupas, ela e os outros da casa. Os adultos pelas naturais conveniências, havia fogo nas carnes, vestiam leves molambos transparentes, as crianças usavam calções ou calcinhas. Menininha, andava sem panos para evitar assaduras. Só mais tarde, só bem mais tarde é que começou a vestir calcinhas, antes a fralda caía, sempre caindo, sustentava-se na bunda, as pernas tentando o equilíbrio, os joelhos tocavam-se, os pequenos pés tropeçando, a fralda arriava frouxa e branca, arrastando-se no barro amarelo e vermelho do terraço. Vieram em seguida os rigores da farda escolar, saia azul até o meio da coxa com duas alças que se cruzavam no peito, blusa branca abotoada no meio, a lancheira despencando do ombro.

Sei disso tudo com detalhes porque fui pai, tio e irmão dela, desde que chegou em nossa casa. Fora enviada pelos verdadeiros pais, Jeremias e Ísis, acompanhada de curto e incisivo bilhete. Não quero mais vê-la. Sem assinatura. Quando chorava no berço, minha mãe pedia para que eu a acalentasse. De madrugada gritava.

— Acode, homem.

Levantava-me tateando pelo quarto, ela já estava de pé no berço, a mão segurava o gradeado, chorando, esfregava os olhos com a outra mão, eu quase precisava adivinhar, não havia lâmpada e nem fósforos. As lágrimas no rosto, os olhos fechados, as mãos molhadas, sentia afeto no sangue, carinho e segurança, ela soluçava. Soluçaria mais, só mais um pouco, ainda um pouco, enquanto a conduzia nos braços para a sala, a noite espalhada no mundo, minha irmã compreendendo no segredo de sua ternura que era preciso dormir. Bastava encostar a cabeça no meu ombro, passar os dedos úmidos de lágrimas no meu rosto, no meu queixo, nos meus lábios.

As meninas, igual às mulheres, sonham com inocência, solidão e amor. Convertidas em matéria de sonhos, descobrem as sutilezas do mundo, as asperezas da sorte, os abismos do destino. Naquela madrugada, criança e soluçando, Biba, menina abraçada a mim, descobriu a fenda que se cava entre o suor e a pele. Desconfio que ela acordava e chorava só para ser acalentada, por saudade pura da minha pele e das minhas cantigas, que afinal de contas nem eram cantigas, uns resmungos, tristes resmungos que me acompanharam pela vida afora, transformando-se em improvisações que fazia no sax. Ficava acarinhando e acarinhada, até dormir outra vez. Minha mãe continuava dormindo.

Diante da nossa pobreza foi ela quem tomou a decisão de telefonar a Jeremias avisando-o. Tomo conta da criança, certo. Não crio problemas. Mande dinheiro. Se ela continuar com fome jogo no rio.

Agora me lembro do corpo de Biba nas águas barrentas do rio em Arcassanta, e tenho certeza de que na verdade estava de cócoras por causa do hábito. Apenas de calça, sem camisa, repousava os braços nos joelhos, os pés na lama. Não foi assim desde o começo, confesso que não foi assim. Disse aos policiais tantas vezes, apesar das pancadas.

Cheguei às margens ao amanhecer, o sono pesava no sangue, acocorei-me e fiquei olhando, feito qualquer um faz na lerdeza do tempo. Vi primeiro a sombra, a princípio uma sombra, depois a mancha e em seguida o corpo. Morta. Apurava melhor os olhos. Afastava as nuvens do sono. Foi que reconheci Biba. Estava morta.

Senti uma espécie de entorpecimento. Nada demais. O morto era eu. Sem qualquer emoção, compreendi. E pensei: O que faz o corpo de Biba boiar nas águas assassinas e barrentas, criminosas e sujas, homicidas e venenosas que vêm cortando o mundo faz léguas? Meu corpo morto estendido no rio e a vontade danada de rir, de sorrir, de gargalhar, que grande merda era aquela? Puxei a fumaça do cigarro, traguei, tossi. A minha idiotice era escandalosa: quem já viu o próprio corpo no leito das águas e olhando-o das margens? Esse pensamento só me ocorreu depois que a encontrei. Completa. Linda.

Já disse que em princípio era apenas uma sombra, mera sombra distante e confusa, imprecisa, depois uma mancha, longa mancha, longa e lenta, lentíssima, um tronco, sofá, cama, e em seguida o corpo, um corpo qualquer, na visagem do começo era apenas o corpo de Biba. Ou o meu, aquele era o meu corpo, até porque eu sempre sonhei morrendo nas águas. Morrer nas águas é muito melhor do que fumar. Brinquei com as formigas, elas gostaram, levantei-me, fiquei de pé, a perna direita na frente da esquerda, botei a mão no bolso, fiz pose. E era assim, eu olhava o corpo, fumava e tocava saxofone. A gente pode ser três ao mesmo tempo.

Não joguei o cigarro fora pelo simples fato de que não havia cigarro, nem trago nem tosse, não sei fumar, não consigo. É claro que o corpo não era meu, podia até ser, não acredito, não posso acreditar num corpo vendo o mesmo corpo boiando.

Fiquei pensando que tipo de gente sou eu que vejo um corpo boiando, o corpo da minha irmã, o corpo querido de Biba e não sinto nada. Tudo bem, eu ainda não sabia com certeza de quem era. Não podia adivinhar, não sei adivinhar, não sou adivinho. Ainda assim, sou o que se costuma apelidar de ser humano, devo ter meus sentimentos, meus afetos, meus encantos, devo ter algum tipo de sensação. Digamos, devia ter pelo menos... compaixão, piedade... piedade e compaixão não são a mesma coisa? Não, nem compaixão nem piedade, compreendo que naquele instante e naquelas circunstâncias compaixão e piedade eram demais, bastava que fosse pelo menos curioso... Está certo que eu não gritasse, não fizesse escândalo, não procurasse socorro, está certo, bem certo, não sentir nada..., isso, nada. Fiquei triste comigo, triste e irritado, triste e alarmado, triste, posto em alerta, via o corpo de Biba, morta, e ao invés de sentir piedade... compaixão... uma coisa ou outra... ficava cínico fumando, fazendo pose e tocando saxofone.

Lembrei-me que saíra de casa já sem camisa e descalço no calor do amanhecer impreciso, furtivas luzes azuladas se mostravam, apresentavam as primeiras sombras, eu olhava o amanhecer, as luzes e as sombras, o corpo que identifiquei depois, o rajado vermelho das nuvens se aproximava. O vento bolinava nas árvores. Não havia peixes dourados nem cobras se arrastando nas margens. Acocorei-me. Parecia olhar um tronco, animal ou sofá. As pessoas jogam até refrigerador no rio, cemitério de coisas vãs, inutilidades envelhecidas. Passou um arrepio por mim. Pensei num cigarro, cachimbo, charuto. Assim imaginei porque não é comum pensar no que existe, fica mais fácil procurar o que não existe e embora não fume desejando fumar procurava o meu prazer.

Me acostumei a ver os mais velhos sentados de cócoras nas margens dos rios, fumando e pensando. Os braços cruzados. Então era mais fácil sonhar, imitando. E só imitando, apenas.

Comecei a ficar desconfiado de mim. De mim que tenho medo de tantas coisas, de lugares fechados, de lugares abertos, de lugares altos, de lugares escuros, de alma penada, sobretudo de alma penada. Desconfiado porque não consegui sentir nada, qualquer emoção, mesmo mesmo. Me lembrava das lágrimas da menina, corpo tenro e terno, dedos molhados, fraldas amarrotadas no nariz, sem espanto, sem surpresa, sem agrado. Reclamei.

— Você não sente nada? Seja homem, homem.

Engraçado, Biba morta, Biba boiava, Biba girava e eu pensava em cigarro, cachimbo, charuto. Um homem não é obrigado a se lamentar, a se emocionar, a chorar, não é, não. Porque até o lamento, a emoção e as lágrimas são programadas. Não quer se lamentar, não se lamenta; não quer se emocionar, não se emociona; não querer chorar, não chora. Esse negócio de ficar corando por qualquer nada é que não fica bem.

O meu caso é diferente. Não me lamentava, não me emocionava, não chorava porque não sentia nada. Não significa que eu não sentisse a morte de Biba, será que ela estava morta mesmo? Sentir eu sentia, garanto,sentia sim, e muito, um sentir que não se manifestava, não se revelava, não se mostrava, um sentir inútil. Na alma e no corpo. Apesar do vento e das luzes, a lembrança do sangue que se derramava, o sangue rajava as nuvens, o horizonte rasgado, a manhã. O choro avançava na garganta, tinha subido no peito, tentava me surpreender. Fui eu quem não deixei ele chegar aos olhos.

2. Eu sou filho? Nem pai nem mãe

Fui afastado da minha mãe no primeiro dia do nascimento, aliás, na primeira hora ou quem sabe no primeiro minuto, conduzido da casa onde ela dera à luz para um berço sombrio e silencioso, distante de todos os outros quartos, mergulhando no frio, no abandono. Nunca ninguém me disse nada, nunca ninguém me explicou, nunca falou no meu ouvido, jamais escutei — a verdade, porém, é que já havia um pacto familiar concretizado nos olhares e nos gestos: ele deve ser entregue a outra família para viver longe daqui.

Longe dali morei com minha tia, minha tia Guilhermina, num casarão retirado, envolvido por árvores e muros, aonde convergiam tristeza e abandono. Ficava numa esquina, estranhamente recuado, o último da rua, feito senzala ou quintal, castelo de agonias e soluços, de um silêncio tenso e denso, às vezes interrompido pelo cântico de pássaro, não mais do que um pássaro, parecendo que ali tudo tinha que ser medido — medido, contado, pesado. De rigorosa monotonia.

Havia peso e métrica. O mundo regido a gramas e a centímetros. Rigor e objetividade.

Se um canário cantava, a cantiga sempre amarela de solidão e paciência, o pintassilgo baixava a cabeça e esperava, esperava e somente abria o bico quando o outro já havia parado, e aí ocupava o tempo metódico e melódico de branco, vermelho e preto, para ceder a vez, tempos depois, a um concriz acinzentado, nenhum deles confundia ou atropelava o momento. Sincronia, harmonia, simetria. Conforme a casa.

Naquelas manhãs, tardes ou noites, eu sabia se era hora de dormir ou se era hora de acordar, dependia dos passarinhos. Cantava o canário, então devia sair da cama, vestir-me para a escola; cantava o pintassilgo, chegara o instante do almoço ou do jantar; cantava o concriz, precisava tomar banho e me preparar para o sono da noite.

Acho que fui educado pelos passarinhos.

Desde aquele dia em que passei pela porta da casa de tia Guilhermina envolvido num lençol imenso, apenas o rosto de fora, nem sequer tiraram o sangue que banhava o meu corpo, senti que a vida é um abismo, um fundo abismo em que não se conhece sossego e onde não existe qualquer tipo de esperança.

Apenas cortaram a placenta e eu já estava atirado nos ermos do mundo, desligado da minha mãe — distante a possibilidade de um pai —, atirado no despenhadeiro, jogado no deserto e com o sol estalando na pele inconformada. Ao invés de me concederem liberdade, a verdadeira liberdade, me ameaçavam.

Ameaçado, sim; ameaçado sempre. Há sempre um tiro atrás da porta tentando me derrotar.

Chorara muito enquanto minha tia corria pelas ruas, conduzia-me, talvez envergonhada, encostada à parede, desviando-me dos olhos distantes, dos olhos inquiridores, dos olhos devastadores, e justo quando ela atravessou a porta interrompi meus soluços. Aquela casa não prestava nem mesmo para chorar. E no entanto amei-a, amei-a com a convicção dos gatos, porque conhecia cada sala, cada quarto, cada canto. Era o mesmo que amar a crueldade.

Assim amei-a cruelmente. Com todo o furor da minha carne. Com toda a estupidez do meu sangue.

Os olhares se cruzaram e confirmaram: o meu corpo ainda estava metade no ventre, preparando os pulmões para o choro, chegara a hora de ser afastado da minha mãe, daí porque não houve tempo sequer para limpar o sangue. Não houve tempo para nada, nunca houve, com relação a mim nunca houve tempo para nada. Era preciso agir com pressa, sem pensamentos. O quarto imerso nas sombras. Tia Guilhermina não acendeu nem mesmo o candeeiro, limpou o sangue esfregando-me com força, feito o sangue existisse apenas na pele, arranhava-me, arrancava a marca de Dolores. No banho, somente no banho, a água fria atormentava a pele, o sabonete escorria nos braços e nas pernas, recomecei a chorar. E aí com a força de um verdadeiro pulmão. Aos berros. Retirado o sangue, minha mãe tinha se despedido de mim. Sempre e sempre.

Não sei se foi um sorriso, não sei se as crianças naquela idade sorriem, não sei se o sorriso era meu, não sei se chegou aos meus lábios, sinto que festejou no peito, acendeu minha garganta e deve ter iluminado os olhos — só tenho certeza de que descobri o sorriso, a leve inocência do sorriso, a bela inocência do sorriso, no quarto de exilado de minha mãe e de exilado da minha vida, nu e desamparado, descobri o sorriso no instante em que ouvi o canário cantando. Não foi mais do que um trinado, algo que se apresenta e desaparece, não mais do que um relâmpago, um estalar de dedos, um zumbido de luz, e meus ouvidos se encheram de maravilhas.

Nasci.

Não vim do sangue do meu pai, não surgi no sangue da minha mãe, não fui alimentado no ventre. Quem me trouxe ao mundo foi a dor.

Minha tia acabava de limpar os meus ouvidos, esfregava meu nariz, sufocava minha boca. Abri os olhos, e não tenho certeza se os abri, não vi, talvez seja correto dizer que eles vagaram: a sombra de Guilhermina se debruçava sobre mim e eu sabia que não era minha mãe, isso não me inquietava. Aliás, jamais me inquietou. Sombras, somente sombras, disformes os corpos, nada que pudesse distinguir com precisão, o rosto, os ombros, o busto. Nada. Até porque eu não precisava daquilo, não me interessava, não questionava o que era mãe, o que era tia, o que era homem ou mulher. A única coisa de que tinha fechada convicção era de que um movimento indefinido se aproximava de mim, se apossava do meu corpo, e que mais tarde se chamaria a vida — essa grande dor. Maravilhosa dor.

Na verdade eu só soube que tinha mãe na adolescência.

Vivi todo o tempo com minha tia, uma mulher que gostava de cantar. A voz se espraiava pela casa, alojando-se nos cantos, acarinhava-se no vento e nas cinzas. Jamais admitiu plateia. Depois do banho passava longo tempo penteando-se no espelho, enfeitava o pó no rosto e pintava um sinal negro pouco acima da boca, batom vermelho, no lado direito da face, perfumada. Vestia uma linda camisola de tecido leve, branca, com bordados e babados, espalhava os longos cabelos nos ombros, uma rosa acima da orelha direita. Trancava portas e janelas. Sentava-se num baú perto da minha cama e cantava. Aquilo parecia atravessar as horas. Ela parava apenas para tomar um gole d'água, passar o pente nos cabelos ou pigarrear. Sei que te vás porque já no me quieres. Nunca juntava uma música com a outra. Na noite em que me queimas. Variava muito o repertório. A todo mundo eu dou psiu. Quando me tornei taludo, sem qualquer aviso, me levou à sede da banda musical e me apresentou ao padre que era o maestro. Na volta esclarecia:

— Você precisa ser músico para me acompanhar. Estaremos sempre juntos.

Eu devia ter meus momentos de estudo, de solfejo, de ensaio. Ademais não incomodava a casa. Tia Guilhermina cumpria o ritual de todas as tardes. Esforçava-me para tocar clarinete, os piados insistentes atrapalhavam. Toda vez que isso acontecia, ela me olhava de soslaio, reiniciava a música. Comprou uma batuta só para ficar batendo na mesa. Solfejava comigo. Falava sempre assim, assim. Numa noite, depois do ritual, ela me comunicou:

— Você vai para sua mãe, ainda hoje.

Tudo apressado, tudo com pressa, tudo com muita pressa. Uma frase parecendo igual às outras, dita sem um suspiro, sem um gemido. Apenas disse você vai para sua mãe, ainda hoje à noite, já preparei sua mala, não precisa se preocupar. Dizia e acrescentava. Mas a frase que ficou suspensa você vai para sua mãe, quando dizia ainda hoje à noite, ou já preparei sua roupa ou não precisa se preocupar, em seguida o motorista vem lhe buscar no jipe, parecia que não revelava nada. Vai para sua mãe, ela disse. E eu senti o esquisito daquela voz esfriando meu estômago.

— Eu tenho mãe?

Ela se levantou, deu dois ou três passos, sentou-se na minha cama, ao meu lado, a lamparina só iluminava parte do rosto, o outro permanecia na sombra, inclusive os cabelos e parte dos ombros, a lamparina pendurada no teto. Não gesticulou. Apenas colocou as mãos entre as pernas. Parece que somente a boca se movimentava. Nenhuma pausa ou recuo.

— Nunca lhe falei dela porque você não me perguntou, não ia lhe falar daquilo que não lhe provocava curiosidade. Agora ela está precisando de você. Matou o seu pai.

— E eu tenho pai?

Sem alterar a posição dos ombros, de cabeça baixa, parecia rezar sem convicção, as pessoas que rezam pensam noutras coisas, esclareceu que meu pai aparecera morto com um tiro de espingarda na boca e que a polícia achava que fora assassinado por Dolores. Embora alegasse inocência, havia uma versão de suicídio, fora presa e condenada, passaria alguns anos na penitenciária e que eu ia para tomar conta da casa, mantê--la limpa, arrumada, e lhe fazer visitas aos domingos, o que era permitido, somente aos domingos, porque meus irmãos Jeremias e Ísis estavam no circo que inventaram para servir de igreja aos membros da seita Os Soldados da Pátria Por Cristo, que eles haviam criado, e que eu não podia negar esse favor a minha mãe, que também nunca viera me ver e que nem sabia como eu era.

— Está bem.

É certo que eu jamais perguntei pela minha mãe. Nunca precisei. Havia ali uma mulher que me cuidava — comprava para mim duas roupas a cada dezembro, um par de sapatos, meias e cuecas, matriculava-me na escola e cobrava minhas notas escolares. Tia ou mãe eram a mesma coisa. Falavam de minha mãe, dos meninos, das aulas. Falavam-me. Talvez eles também tivessem em casa uma mulher que se pintava para cantar sentada no baú. Que se embelezava. Que vestia roupas tão belas. Que chorava. Mãe era aquilo, não precisava de outra, nem sequer questionei.

Eu não precisava de mãe — precisava de tia. Ela tomava banho comigo — eu e ela, os dois embaixo do chuveiro, brincando sem palavras, de pé ou sentados numa bacia. E me beijando — acho que chorava, às vezes ela chorava, penso, enxugando as lágrimas com a toalha. E cantando. Depois de me enxugar e me vestir, ela se embelezava e cantava.

Antes das nove da noite um homem veio me buscar. Entramos no carro sem uma palavra, permanecemos em silêncio durante a viagem. De posse da chave, abri a porta do casarão da Praça Chora Menino, no Recife, ele não me acompanhou, fechei-a por dentro, dormi sentado numa poltrona da sala de visita, senti muito a ausência dos passarinhos. E da minha tia nua tomando banho comigo. Nem mesmo tirei o chapéu. De manhã, lavei-me e guardei a roupa. Somente depois do almoço, o advogado, com o chapéu na mão, estava sempre com o chapéu na mão, para que ele queria chapéu?, apareceu me dizendo que no domingo pela tarde me apanharia para a visita à minha mãe que me recebeu num silêncio de deserto, sem falar, aquela mulher muito limpa, arrumada, o cabelo em coque, o vestido escorria no corpo, com dois bolsos enormes na saia, nem pensei nela depois que voltei ao casarão.

Mãe era aquilo? Aquele desencanto de gente? Sem palavras, sem cantigas e sem beijos?

Ficamos os três sentados — o advogado às vezes comentava o processo, tudo parecia de uma estranheza estúpida. Foi no carro de volta que ele me disse que já fizera minha matrícula no colégio, eu devia comparecer todas as manhãs, das sete ao meio-dia, não me preocupasse com a alimentação, fora encomendada a marmita. Percebi que era o mesmo homem que foi me buscar em casa, no interior, colocava o chapéu sobre as pernas no banco dianteiro, parecia orgulhoso e vaidoso andando com aquela marmota, todo de branco e o chapéu preto, a gravata preta, os sapatos pretos, só falava comigo para informar, isso ou aquilo, dizia.

Agora eu já estava instalado no casarão, sem a companhia de tia Guilhermina, que também não era companhia, entre móveis velhos e pesados, num primeiro andar cujas janelas abertas davam para uma praça grande e desabitada, as praças estão sempre desabitadas, sentia ainda mais a ausência dos pássaros. Aqui no Recife há muito barulho de pardais que me deixava tenso. Cigarras. Grilos. Cigarras e grilos. Tudo sem a harmonia dos pássaros. Na minha vida as coisas vão acontecendo e sumindo, tropeçando, avolumando-se, nunca retornam, parecem sempre provisórias.

Eu sempre fui provisório.

No exílio da Chora Menino vivi entre o casarão, o colégio e a penitenciária, aos domingos. Os primeiros meses foram lentos, lentos e longos, no sem-fim das horas que eu passava sozinho. Depois das aulas, além dos estudos, não havia nada para fazer. Então ficava deitado no quarto, dormia ou não, olhava o teto, olhando-me no espelho. Jamais gostei de espelho. Naquelas horas era bom olhá-lo e olhar-me, os dois se enfrentavam na maioria das vezes, e eu enfastiado.

Duelo que se instalara em mim desde os tempos de Guilhermina porque ela gostava de se enfeitar, apreciando-se no espelho, tempos limpando a pele, passava pó, pintando os lábios e os olhos. Gostava-se, ela se gostava demais. Em pleno campo sombrio da melancolia, se gostava. Surpreendi-a afagando os seios, zelando os bicos, esfregando-se, as mãos escorrendo pelo busto. Enfeitiçada.

Tanto se gostava que não me servia de amizade. Na verdade eu estava precisando de companhia, e a minha melhor companhia era eu mesmo, ralhava comigo tome conta melhor de você, faz favor, e pegava a conversar comigo dizendo a vida é assim mesmo, amigo.

Descobri as roupas do meu pai no armário do quarto de casal. Decidi imitá-lo. Vesti uma de suas calças, depois as botas apertadas, devia ser um homem pequeno, pequeno e magro, a camisa, a gravata, o chapéu, o guarda-chuva e desci as escadas. Tudo muito apertado. Para vestir uma calça daquela era preciso tirar as meias. Quase não consegui andar. Senti constrangimento quando cheguei na sala porque queria sair lento, mas resoluto, firme, e a roupa dificultava. Dava um passo e o joelho ficava preso no tecido. Pensei que meu pai cresceu, morreu, e nunca passou de menino. Abri a porta principal, o alívio tomou conta da minha alma quando cheguei ao terraço. Um vizinho, que lia jornal numa cadeira de balanço, olhou-me com estupidez — ou espanto? — e depois gargalhou. Acho que se assustou porque imaginava vendo a alma penada do meu pai vagando pelo casarão, e logo verificou que se tratava de um menino que se passava por gente. Recuei.

Que porcaria estou fazendo comigo?

Um menino vestido de velho, chapéu e guarda-chuva, terno escuro e gravata antiga. Compreendi a gargalhada do homem, fiquei com raiva. Tive vontade de voltar gritando eu sou meu pai, filho da puta, você não está vendo que eu sou meu pai?, vim buscar meu filho que anda abandonado pelo mundo. Triturava a raiva nos dentes — e com piedade de mim mesmo. Calça coronha, subi as escadas e parei diante do espelho, eu mesmo morrendo de rir, o paletó quase estourava nos ombros e o chapéu não entrava na testa. O cabo do guarda-chuva repousava no pulso. Ia tirar a roupa quando decidi viver a loucura do meu pai. Coisa esquisita ter pai.

Nunca pensei que fosse possível ter pai e mãe.

Sentei-me na cadeira de balanço do terraço. A noite vencia o cansaço da tarde. E o meu cansaço — há tão pouco tempo ali e já exausto. Coloquei o guarda-chuva no céu da boca, uma arma. Imitei o exato gesto do polegar apertando o gatilho. Foi um susto. A explosão do tiro jogou minha cabeça para trás, bateu forte no espaldar de madeira. Dor, muita dor, parece que subi uns cinco centímetros do assento, o gosto de sangue esvaía-se na boca. Ri — esse riso pequeno de comoção e medo. O que me deixou preocupado foi a sensação da morte chegando pelas minhas mãos. Ou pelo meu dedo no gatilho.

Ali vi toda a minha vida esmagada no escuro dos pensamentos. Não me lembrei de ninguém. Não vi um único mortal acenando para mim. Nem luz nem trevas. A única coisa definitiva: o barulho do tiro explodindo nos ouvidos. Atirava os miolos para longe.

Solucei.

Desolado, atravessei a arma nas minhas pernas, procurei pelo ar nos pulmões. Foi para viver dessa maneira que vim ao mundo? Para encontrar apenas os pedaços dos meus pais distribuídos nos recantos da casa? Fora suicídio ou ela matara mesmo? Nunca perguntei por Dolores à minha tia Guilhermina porque estava demasiado satisfeito. Não era minha mãe, era minha tia, e que diferença faz mãe ou tia?, tudo igual. Bastava-me ela, com o jeito de alguém sempre muito distante, longe de mim, os dois viviam na mesma casa e sem nenhum tipo de cumplicidade, envolvidos pelo silêncio, pássaros, cantigas, deslizavam no tempo, protegidos pela solidão, pelas horas caladas, pelo vazio. Unidos apenas na hora do banho, semelhante a dois meninos que nem conhecem a intimidade da carne.

Mesmo ali, fantasiado de meu pai, não me preocupava. Vesti-me daquela forma somente para me divertir, fazer alguma coisa, inventar um jeito. Não contaria nada a ninguém. Descansei a cabeça na cadeira. Não queria chorar nem rir. Nenhuma dessas coisas. Seria engraçado sentir o meu pai morrendo? E minha mãe matando? Coisa mais suja. Tive vontade de rir, mas não ri, devia pelo menos respeitar o homem que me gerou. Respeitar, essa palavra curiosa. As pessoas ainda respeitam? Como é respeitar?

Pois eu nunca respeitei ou deixei de respeitar meu pai. Indiferente. Tudo que dizia respeito a meu pai e minha mãe me era indiferente. Até mesmo quanto à tia Guilhermina, nuinha sentada comigo na bacia cheia d'água. Para quê? E basta.

* * *

Estou magoado com o mundo. Ninguém me ofendeu, ninguém me magoou, ninguém me maltratou. Mas estou magoado com o mundo. Quer dizer, estava magoado com o mundo. Naquele tempo em que fui levado para o casarão fiquei muito magoado. E acho que a mágoa nunca passou. Não tinha consciência disso e nem podia, era apenas uma criança, uma mera criança. Talvez eu pense nessas coisas por causa da morte da menina e somente agora estou percebendo que não poderia viver sem Biba, os deliciosos peitinhos, a bunda macia, as coxas suaves. Minha irmã — coisa mais esquisita. Uma palavra. Irmã não é uma palavra, não, é um sentimento, Matheus, é um sentimento que tem sangue e carne. Meus lábios trêmulos e a voz que não é voz: minha irmã. Digo. Minha irmã, minha amante, minha mulher. Nem tanto, minha mulher, não. Também não é assim. Minha amante em certo sentido. Que sentido? Nem chegou a ser minha amante. Minha irmã, sim.

Os peitinhos nas minhas mãos, maçãs revoltas, e meus lábios nos teus lábios. Nunca mais. Talvez por isso estava sentindo tanta mágoa. Estive. Estive sentindo tanta mágoa. Nem estava nem estou, apenas estive. Daí os sentimentos pararem. Todos os meus sentimentos pararam na infância, todos. Desde o dia em que subi as escadas do casarão para proteger minha mãe, a criminosa. É certo um menino proteger a mãe que matou o pai? Aquela não era uma forma de proteção? Que seja qualquer coisa, tudo bem. Devo logo dizer em minha defesa: a mentira é uma das melhores qualidades do meu caráter.

Porque ela está morta fico pensando quem pode ter feito uma coisa dessas, quem ousaria matá-la — terá sido mesmo assassinada? Ou se suicidou? —, jogar o corpo no rio, abandoná-la, o mais cruel de todos os abandonos: a morte. Me constrange o abandono da morte. Ela está ali, deitada, e se eu chamar vem, ela não vai responder, não virá, não abrirá o sorriso para vir em minha direção, é apenas um corpo, somente um corpo, e um corpo não vale nada? As pernas, as mãos, os cabelos, é uma menina esquisita, não pode responder a meus carinhos, minha ternura, meu afago. Feito eu também nunca tivesse existido. É mentira: desde aquele tempo, o mais remoto, o da infância junto com tia Guilhermina, sentia que as pessoas me ofenderam, as pessoas me magoaram, as pessoas me maltrataram. Agora mataram Biba.

Que besteira é essa de ficar pensando em mágoa. Ninguém me ofendeu, ninguém me magoou, ninguém me maltratou, não tenho razão para pensar em mágoa. Estou querendo fazer figura comigo mesmo. Fiquei atormentado com aquela história de não sentir nada, pensava em cachimbo, charuto ou cigarro de palha. Fumava e tocava saxofone. Vem assim a necessidade da mentira. Não vou dizer nunca a uma pessoa que não senti a morte de Biba, não vou, porque a rigor não senti nada mesmo. Não tem o menor cabimento, causaria espanto. Então eu inventei estou magoado com o mundo, é mentira pura, estou — estava — apenas tentando compreender a morte da menina, em busca das razões que teria um criminoso, dos motivos que uma pessoa podia ter para matá-la nas águas barrentas do rio.

Durante toda a vida tenho me protegido para não me arrebentar. Faço um esforço enorme. Preciso segurar o pensamento para não perder o prumo. Aperto os pensamentos, trinco os dentes, sustento a respiração. Por isso estou sempre muito cansado. Muito cansado.

Feito quase me arrebento no instante em que coloquei o guarda-chuva no céu da boca para experimentar a morte. Atordoado, percebi que minha imaginação ali seria muito mais confusa do que poderia imaginar. Não, não havia imaginado nada, até porque não sei imaginar.

Fiz a viagem ao Recife tentando pensar am alguma coisa, forçava-me a ter saudade e expectativa. Não havia nada. Largava tia Guilhermina, largava, não fiquei impressionado. Ela era apenas uma das partes que formava a casa. Apenas uma. Havia ainda os quartos, a sala, o corredor, o quintal e os pássaros. Sobretudo, os pássaros.

Segui o escuro da viagem até o instante em que me vi atirado naquilo que me parecia os escombros do casarão. Tentava entender a morte do meu pai — assassinato, suicídio, sei lá. Tentava somente porque não tinha o que fazer. Ocupava o tempo. Tenho a maior dificuldade para entender os meus gestos, minhas atitudes, meu comportamento. Porque às vezes preciso dizer sofre um pouço com isso, Matheus, porque é importante sofrer, ou faz de conta, as pessoas acreditam no faz de conta, e se você faz de conta sempre, aí elas pensam que é a sua personalidade. Eu fiz de conta que precisava compreender a morte do meu pai. Não entendi nada. O guarda-chuva quase dava um tiro de verdade e eu joguei-o no chão. Perguntava no meu silêncio, abismado, precisava disso, precisava? Talvez não estivesse alcançando o que acontecia: era apenas uma simulação, não necessitava de um tiro verdadeiro. Se eu quisesse bastava usar a espingarda.

Larguei a cadeira de balanço, fui procurar a arma no quarto do casal. Talvez ela estivesse embaixo da cama ou dentro do armário. Somente depois que fiz a busca lembrei-me de que devia estar recolhida aos depósitos da justiça. Nem espingarda, nem faca, nem canivete. Era possível que houvesse uma dessas armas domésticas na cozinha, no armário, no faqueiro. Desisti. Nada daquilo me serviria. Eu só queria compreender a morte do meu pai. E para compreender precisava de um rifle. Um rifle de verdade.

Na parte superior do guarda-roupa encontrei álbuns de fotografias. Sentei-me na cama com um deles no colo, começava a conhecer o que depois soube que era minha família.

Dolores e Ernesto, meus pais, sempre apareciam desolados, desde jovens, um ao lado do outro, feito nem fossem casados. Os ombros quase não se tocavam, o busto quieto, as mãos pousadas sobre as pernas, sempre. Olhavam para a frente, os dois. Não havia nem o mais leve movimento nos lábios ou nos olhos. Nem sinal o mais remoto de amor. Ou de afinidade. Dois rostos empurrados no papel.

Os olhos, sempre os olhos, me causavam atormentadora impressão. Vazios e distantes, ainda que na juventude, sem uma sombra, sem um alívio, sem uma luz. Esperança, nos olhos dos meus pais não havia qualquer esperança. Nunca pude entender a falta de esperança nos olhos das pessoas e tenho observado que estão sempre assim. Talvez fosse o tipo de filme, de papel, de revelação. As primeiras fotos estavam retocadas a lápis, em geral as sobrancelhas. E os lábios e o nariz. Os olhos, não, os olhos eram verdadeiros e cruéis. Os da minha mãe, pequenos e firmes. Os de meu pai, opacos e tristes. Em nenhuma foto se olhavam. Mesmo naquelas mais descontraídas que foram aparecendo aos poucos, sem pose, em igrejas e praças. Pelo que soube, eles jamais se deram as mãos para caminhar na rua. Ernesto sempre à frente, de cabeça baixa, terno e gravata, chapéu, e Dolores em seguida, usa vestido de uma cor, cinto apertado, sem enfeites, obediente e silenciosa, sempre silenciosa.

Não tinha elementos para identificar meus irmãos. Somente Jeremias, que era o mais velho, o grande homem, o orgulho e a salvação, o músico e o pastor, aquele que parecia mais severo. Confirmei ser ele mesmo porque numa das fotografias tocava saxofone. E depois usava a farda de capitão, o comandante da seita religiosa que criou. As mulheres — Raquel e Ísis — muito parecidas, com idades próximas. Raquel mais velha, conforme me disseram, mas para mim não se distinguia de Ísis, a mais nova, ou Ísis não se distinguia de Raquel. Preferi não me atormentar e chamei Raquel de Ísis e Ísis de Raquel. Além disso, só vim a conhecer seus nomes muito depois.

Então era a minha família, meus irmãos, e eu nem sabia como se chamavam. Também nunca fiquei diante de um deles, jamais abracei Jeremias ou Raquel ou Ísis, estavam muito ocupados para se ocupar de mim. Devem ter vivido algum tempo naquele casarão, até porque os móveis estavam nos quartos, e algum tipo de roupa alojada nas gavetas. Nem sequer eram fantasmas. Apenas fotografias. Nada mais do que isso.

Verifiquei que eu parecia muito com Jeremias.

Sobretudo nas fotos da infância e da adolescência, tínhamos boca grande, nariz espalhado, olhos curiosos. Ainda herdei dele o gosto pela música. Nos primeiros dias de aprendizado o maestro indicou-me um clarinete. Quando tentei acompanhar Guilhermina, os resultados não foram tão bons. Passei então para o sax-alto e depois para o tenor, onde usei melhor o grave, floreava direito e improvisava melhor. E sempre me dei muito bem. Tentei depois o trompete, procurando imitar Milles Davis ou Chat Baker. Pouco avancei. Criei no tenor um estilo pessoal, sem muita sofisticação, som rouco, próprio para os cabarés do Recife, onde se exigia pouco ou quase nada. Tocar música de sucesso popular já era uma vantagem incrível. Não sei dos progressos de Jeremias.

Fiquei curioso. Precisava conhecê-lo melhor. Talvez devesse, mais tarde, visitá-lo no circo, onde quer que estivesse. Não foi possível, nunca. Não consegui falar nem mesmo pelo telefone. Cuidei sempre da menina, filha dele com Ísis, passei noites acordado nas doenças, vacinei-a, levei-a à escola, estudamos nas dificuldades, conheci tristezas e ansiedades. No entanto, jamais fui saudado mesmo a distância por eles, os pais. Não estou reclamando, não reclamo de nada, não sinto mágoa, nunca sinto mágoa. Apenas constato. Guardei na carteira uma das fotos do meu irmão ainda menino, muito parecido comigo, vestindo calça e camisa, meias e sapatos, sentado numa poltrona de vime, um jarro de lado, as mãos nas coxas, cabelo muito bem aparado, franja na testa. Um menino.

Por coincidência havia um retrato meu quase igual ao dele. Foi quando fiz cinco anos, era novidade. Viemos ao Recife. Acordei cedo, na data do meu aniversário, minha tia me deu banho, esfregava forte o meu nariz até que doía, toda vez era assim, gritava assoe, menino, assoe, assoe, vestiu-me em calção velho, camisa antiga, chinelos, pode cair alguma coisa na roupa nova, não fica bem, segurava-me pela mão, apertando, mesmo no ônibus ficava grudada em mim, parece que estava com medo que eu voasse. Fomos ao estúdio no centro da cidade.

Na loja tirou a roupa nova de uma caixa, calça e túnica de linho creme com frisos negros. Vestiu-me, lavou o meu rosto e repetia assoe, menino, esse nariz, assoe, assoe, esfregava os dedos no meu nariz avermelhado.

Ao fotógrafo mostrou um papel que tirou da carteira:

— Quero que seja assim.

O homem me sentou na cadeira de vime, colocou o jarro de flores no móvel, fez o que ela mandara. Depois tia Gilhermina mudou minha roupa, guardou-a nas caixas, nunca mais precisei usá-la. Dias mais tarde vi o retrato numa moldura sobre a mesa da sala de visitas. Naquele tempo os meninos eram muito iguais. Jeremias parecia demais comigo.

Dolores quis também fazer um retrato semelhante de Biba. Mandou-me comprar o tecido, linho creme, frisos negros, linha e botões, tive trabalho, andei pelas ruas mais antigas da cidade, no centro, cansado e suando. Contratou a costureira, tiraram as medidas, trena, tesoura e lápis, tudo igual. Embora estranhasse, preferi não dizer nada, permaneci em silêncio, calado. O fotógrafo apareceu sem aquele monumento de antes, aquela arma de guerra que era a máquina. Foi preciso pedir emprestado uma cadeira de vime na vizinhança, porque o modelo quase não existia mais.

No momento da foto, começou a chover forte, muito forte, relâmpagos e trovões, cântaros, segundo se diz. A máquina quebrou e o fotógrafo teve um passamento, os olhos virados, a face branca, arriado nos braços de minha mãe. Não foi feito o retrato, a menina sentada na cadeira de vime, o jarro de flores ao lado no móvel de madeira. Dolores se desgostou e Biba não pôde usar a roupa. Nem mesmo para ir ao cinema. Nunca mais.

A menina sempre foi um clamor no meu sangue.

Só lamentei ter tido tanto trabalho para nada. Daí o meu interesse em guardar a minha foto na carteira. O que queria agora era ter uma roupa daquela para vesti-la. Como era a roupa? Uma bobagem parecida com marinheiro, a gola grande bordada com cadarço, até quase o meio do peito, grande, mangas curtas, sem botões, e uma calça até o joelho, sem enfeites, tudo de cor creme. Igual para mim, Jeremias e Biba. Talvez a de meu irmão ainda estivesse escondida em algum armário. Valia a pena procurar. Bastava encontrá-la e vesti-la. O que de todo não seria impossível porque aquela roupa só servia para a foto, guardada em seguida, com zelo e cuidado, para o esquecimento bem longe, sem fim. Podia sentir o que estava se passando, a razão pela qual as fotografias se repetiam.

Por que não guardavam a mesma roupa, uma somente vestida pelos três?

3. Louco tem cada loucura

Ali olhando a menina nas águas e sem sentir nada, pensava nessas coisas que só fazem me atormentar. Sem nada de útil na minha emoção, reclamava de mim você não sente nada? Procurava por mim, azedava, seu coisa, inutilidade. Não vou dizer que estava decepcionado, não encontro a palavra, não é decepção, explico melhor, talvez, se estivesse decepcionado sentiria alguma coisa e não, não estava sentindo. Só para minha agonia olhava a menina: nua e morta, lindeza de peitinhos macios, pernas e coxas macias, a bundinha lisa. Isso acontece com qualquer homem, com qualquer coisa, com qualquer inutilidade, vagabundo.

Doido, eu estava ficando doido.

Sem juízo? Vazio. Um doido ficaria pelo menos decepcionado. Despejaria emoção. Qualquer coisa assim. Questionei como é que você encontra a menina morta — só depois descobri que estava morta, a princípio imaginei que brincava de propósito provocando a excitação das águas, as águas se excitavam quando ela pulava nua no rio, os peitinhos balançando, o sol esquentando a pele —, você encontra ela morta e não sente nada? — era possível que estivesse enlouquecendo, mas quem enlouquece chora, se lamenta, reclama. Não tenho dúvidas. Ou tenho dúvidas? Já vi muito louco de cara passada, distante, impassível, um riso sem dentes esfregando a cara.

Eu mesmo sempre quis enlouquecer, tinha uma vontade danada, não podia. Isto é: tenho, tenho uma vontade louca de enlouquecer, as pessoas dizendo é louco, deixe ele pra lá, coitado, nem sabe o que está fazendo. Palpite mesmo, palpite infeliz esse de querer enlouquecer, que é bom é bom, tão bom ficar perdido na leseira do mundo. Se enlouquecesse quem ia tomar conta da menina?

É muito difícil carregar um doido nas costas.

O doido era eu mesmo, necessitava manter o controle quando a loucura chegava, dava um jeito de sadio, sustentando os nervos nos dentes, por isso andava com um louco nas costas, semelhante a quem carrega um cadáver, o tempo todo reclamando de mim, pedindo para me acalmar, ralhando. Era uma espécie de loucura mantida a relho — ou melhor, segurada no cabresto, que no fim é a mesma coisa. Sustentava-a no chicote, no relho, no cinturão e colocava-a no cabresto. Andava pelas ruas e fazia tanto esforço para não enlouquecer que o suor escorria na testa, tropeçando nas pernas, com medo das pessoas, com medo das ruas, com medo do vento. Os pulmões fechados. O pescoço inflando. Os pés frios. As mãos quentes. As pernas tremendo. O estômago vazio — a loucura estava chegando. Procurava fingir para que não desconfiassem. Perdia o jeito de olhar, falava de maneira esquisita, silenciava, o suor escorria no rosto. Quando precisava falar dizia coisas que estava pensando para me desviar da loucura, sem nexo, sem sentido, mudando de assunto, chutei a bola na trave, dizia, ainda hoje vou dançar no cabaré, afirmava, e aí as pessoas perguntando.

— O que é que você está dizendo?

— Chutei na trave.

— O que quer dizer chutei na trave?

— Nada, desculpe, por favor.

— Continue.

Então me levanto olhando sempre o corpo da menina, e agora estava assim, sempre assim: um homem elegante, distante, inviolável, vestido de branco, sapato de duas cores, chapéu-panamá, o paletó aberto, com a mão esquerda no bolso, dois dedos da mão direita, segurava o cigarro com piteira, sem outra função no mundo senão observar, na verdade um homem na paisagem, romântico, belo, maravilhoso, distraído, inútil, vontade de tocar saxofone. Um homem na paisagem — é nisso que resulta ficar pensando besteira para fugir da loucura —, apenas um homem na paisagem. Tem que ser assim, penso nessa figura humana para preencher meus pensamentos, é preciso, do contrário endoideço de vez. Não fica bem perder o juízo, logo nesse instante em que preciso tomar conta da morte de Biba. E se a imagem me tortura — porque começa a me inquietar e tenho medo, mudo de pensamento e de figura, ralho o tempo todo: deixa de besteira, Matheus, que homem mais besta —, então imagino que chutei na trave, de calção, chuteira e meias listadas e tirava a camisa e corro para comemorar o gol com a torcida.

Diante da minha insensibilidade, pensei que era a loucura se instalando definitiva, porque devia me emocionar pelo menos com a nudez, mesmo que a gente tenha visto a mulher nua muitas vezes deve sempre sentir o frio na barriga, tremor no coração, arrepio na coluna. Não me faltava a respiração, não sentia os músculos tensos, o suor não banhava meu corpo e ainda assim era a danada que estava chegando. A falta de um sentimento qualquer parecia me convencer de que a loucura pulara nos meus ombros, ou talvez nem tenha dúvida, mais tarde, quem sabe mais tarde, não sei, ainda não sei, pode ser que depois eu me certifique. O que não quer dizer que louco não tem sentimento, tem sim, tem. Quem enlouquece precisa se ausentar do mundo, se proteger, se defender. Por isso eu não a queria. E ela se instalando. Precisava enfrentar a verdade — Biba morta, Dolores, eu morto, não, ninguém morto, apenas Biba que também é ninguém, ela nem conseguiu ser grande coisa na vida, também ninguém. Aí fechei os olhos implorando meu Deus não me deixe nesse buraco, não permita, me tire daqui, meu Deus, que a loucura é uma loucura.

Por que estava pensando naquilo tudo? Essa é lá hora para se pensar em emoção?

Sim, porque fazendo algum esforço podia pelo menos me lamentar, me emocionar, chorar, isso é possível, a gente se esforça para tudo na vida: tem gente que finge amar, tem gente que finge sofrer, tem gente que finge chorar. O que eu não posso é fingir para mim mesmo. Não posso fingir que sou louco porque eu não sou louco. Sou um tanto louco, mais ou menos, de conforme. Mas eu posso, se eu quiser eu posso, quer ver uma coisa?, vou chutar na trave e depois correr para a torcida comemorando o gol, vão vaiar, vão? Não vão nada, porque na trave não é gol, mas na minha doideira é gol, pronto, é assim que eu posso. Ou fumo sem fumar, ou toco sem tocar, ou me visto de branco e fico fazendo pose nas margens do rio, loucura é assim: é só querer.

Ou posso? Se eu fingir para mim mesmo passa a ser verdade, não é?, embora sabendo que estou fingindo. O que não posso é ficar pensando sou ou não, eu sou, eu sou mas não quero, então é só não querer. Imagino: devo me lamentar? devo me emocionar? devo chorar? Que coisa mais besta, ai meu Deus. Louco tem cada loucura. O problema é não perguntar porra nenhuma. O problema é sentir o mundo, caralho, não está vendo? Sentir e pronto. Estou desconfiado que não sei fingir nem para mim mesmo. Não posso fingir que a loucura chegou, nem posso fingir que sou um homem normal. Tanto que eu queria ser feliz Livrai-me, meu Senhor Deus, da insensatez e da infelicidade, livrai-me, ó Deus.

Achei que podia descansar — e descansar de quê?, dormira bem a noite inteira e não sentia emoção, ali sentado, observando o corpo girar, toda vez que o vento se agitava ela ficava boiando e não avançava, devia ser a corrente das águas. Não, outra coisa não fazia. Rodava ou quase rodava. Batia numa margem, rodava, rodava, rodava, batia outra vez. Batia noutra margem, rodava, rodava, rodava. Parecia negócio de bruxa. De feiticeira. De mágica. Só para me inquietar. Para me preocupar. Para me aperrear. Não seguia.

Na verdade, ela estava me provocando, para ver se eu sentia alguma coisa, se eu soluçava, se eu gemia, se eu gritava. Para ver se eu me tornava um homem correto, desses que não fingem, apostava no cabelo do bigode, desses que são capazes de sentir a morte dos outros, jurava cruzado na boca, desses que marcam a posição no cuspe. De sentir a morte da irmã. Da minha querida irmã. Da minha querida irmã Biba. De repente compreendi: ela era o corpo da loucura para que eu me apaixonasse por ele e assim me apaixonasse pela loucura. Ladina, essa menina. Ela podia estar morta ou não morta. Dormia, apenas dormia, minha irmã, minha querida e bela irmã.

Dormia daquele jeito nas águas para me preocupar.

Como sempre fui esperto e sempre fui capaz de entender as segundas intenções dos outros, não reagi. Não reagi porque percebi logo, na batida do olho, que era encenação, serviço de brincadeira, para me emocionar, chorar, gritar. Não me emocionei. Não chorei. Não gritei. Senti uma raiva danada. Depois comecei a me preocupar, pensava demais nesse assunto besta.

45

Tive vontade de acender um cigarro. O que não quer dizer que eu seja viciado em fumo. De forma alguma. Não sou fumante. Já me ocorreu puxar um trago, quando andei tocando saxofone nas noites do Recife, nos miseráveis cabarés, nos clubes sociais, nos subúrbios, na barra pesada. Fiz uma, duas, três experiências com maconha, um bago legal, que legal que nada. Nem isso — não senti nada. Puxava e puxava, os camaradas dizendo prende a respiração pra correr logo no sangue, os pulmões fechados, o ar para dentro, no clamor das veias, o peito murchava e nada. Nenhum tipo de emoção, de divertimento, de alegria. Acho que sou feito de coisa alguma. Até que tive de fingir para não ser desmoralizado, dizia aos meus amigos.

— Estou sentindo umas coisas belas, estranhas, lindas, meu irmão.

Para não decepcionar. Ficava chato dizer não sinto nada, meu irmão, este troço não causa nada, deixava que os outros pensassem que somos heróis, heróis da droga, heróis, sempre fingindo, tenho dificuldade de sentir essas emoções de que as pessoas normais tanto falam e eu ali nem mesmo sentindo coisa com coisa na maconha, na triste maconha que a gente fumava nos fundos da boate. Uma roda de músicos eufóricos e eu já conhecera a droga desde os tempos em que havia aquele bar-teatro na cidade, com todo mundo fingindo brabeira, querendo derrubar o golpe dos militares com cachaça e cerveja, alguma leitura, uns certos romances, encenações e quem sabe poesia, uns poucos poemas podres, de uma tal mediocridade que nunca mais encontrei outros no mundo. Derrubar o golpe com poesia, valente valentia.

Chovia. Chovia muito, demais. Começamos a fumar debaixo da guarita. A chuva aumentou. Ventava. E ventava zunindo. Os carros passavam em velocidade.

— Já estão prendendo os estudantes, sabia?

— Não tem estudante nenhum nisso, compadre, só tem guerrilheiro.

— Você é muito conservador, cara, não está vendo que estudante e guerrilheiro são a mesma coisa? Correram para o meio da avenida. Brincavam, gritavam, gargalhavam. E aí eu devia ficar parado, embaixo da marquise, as mãos nos bolsos? Então brinquei, gritei, gargalhei com uma sinceridade que nunca me pareceu fingimento, fingi de uma tal maneira que ainda hoje me parece a mais pura e cristalina verdade. Já que não era possível ser sincero de verdade procurava pelo menos ser sincero no fingimento. Não queria perder meus amigos, sobretudo as amigas que depois levamos para um apartamento no Pina, onde elas não quiseram tirar a roupa, mesmo embaixo de ameaças. Cantavam, nos quartos vazios cantavam.

Fingiam, todos fingiam. Fingiam estar drogados. Fingiam embriaguez. Fingiam desesperos. Sem um povo revolucionário não pode haver revolução. Caminhando e cantando e seguindo a canção. Berravam. Abaixo os militares. Abaixo a burguesia. Abaixo os bancos. O povo unido jamais será vencido. Doidos por sexo. Fica mal com Deus quem não sabe amar, fica mal comigo quem não sabe dar.

Desesperados por sexo ninguém tinha coragem de agredir as meninas, o que talvez fosse necessário porque elas não baixavam as blusas nem tiravam as calcinhas. Não cediam um centímetro, podiam apenas brincar e cantar. Pulavam e dançavam, não admitiam contatos de mãos e beijos. Fingiam porque não queriam perder os amigos. Pediram para ir embora depois de meia-noite, ainda molhadas de chuva, risonhas. Ninguém pôde sair, logo não. Vamos sair.

— Veja aí se tem alguma tira na frente do prédio.

Faltou um colega. Estava no banheiro, vomitava, se masturbava. Os homens se masturbavam. As mulheres, impávido colosso, sentadas no divã, nauseadas, olhavam. Vingança, uma grande, bela e insubstituível vingança: não abriam as coxas, mas estavam varadas pelo vômito, pelo esperma, pelo sangue. Pelo cheiro de carne humana usada e triturada, assada nas mãos ágeis e quentes.

Meus amigos diziam que eu tocava melhor quando me drogava. Mentira deles e mentira minha. Também eu percebia quem estava puxando fumo e fingindo. Só acreditava naqueles que ficavam com os olhos vermelhos — fundos, vermelhos, enegrecidos — quem não tem colírio usa óculos escuros. A pele macerada, meio pedra, tostada de cinza. Peguei um músico pelo braço, levei-o para junto da janela.

— Deixa de ser fuleiro, filho da puta, você não está manero, não senhor, que merda de fingimento é esse?

Sorriu só com os dentes. Abria e repuxava os lábios.

Sentia o álcool, isso eu sentia, o álcool entorpece, dificulta, atrapalha, que grande bosta, doido, que maravilhosa bosta, então que bosta é essa. Me embriagava, o sono nos olhos, a preguiça nos músculos, os joelhos cansados, tocava nos bares sem alegria onde homens e mulheres se sacudiam sem prazer, remexiam bundas e peitos, suavam cabelos e pelos. O corpo fede, é incrível como o corpo fede, as mãos oleosas, a camisa pregada no peito. As sombras caíam nas paredes, nas portas, nos móveis. A saliva enchia a boca, dificultava o sopro no saxofone.

E vi muitos beijos, abraços, amassos e masturbações, os casais se masturbam enquanto dançavam, se masturbavam sem prazer, se masturbavam entediados, coisa mais grotesca, estúpida e vazia aquela, um saxofonista que toca sem interesse, a música sem viço, casais que dançam desanimados, praticam sexo com esfregões, e raspões: o ar denso e enevoado partido por gargalhadas, por assovios, por gritos de agonia e gozo estertorado, pessoas se embriagando, se maltratando, se destroçando, golfadas de sangue, gemidos, golfadas de dor. Pelas três ou quatro horas da manhã a única coisa viva num cabaré é a vontade de morrer — o álcool amarga, a droga mente, o sono desaba. Morre-se dessa morte boba para que depois a gente renasça com vontade de morrer. Sangrava e gemia, essa morte é boba?, sentado no último banco, oprimido pelos minutos e pelo cansaço, pelas horas que não passam nunca, a cabeça doía, gemia e suspirava ó meu Deus o que é que estou fazendo. Sem vida, sem morte, sem dor. Desejava a violência das carnes dilaceradas, porque tanto maior era o cansaço mais a vontade de me exaurir, de atingir os limites, de chegar o momento em que a corda quebra e o corpo cai no espaço.

Além do nojo.

Nem é bom pensar naquelas coisas nojentas — suor, maconha, bebida, a baba escorre pelo queixo, pescoço, peito. As mulheres ridículas, os homens ridículos, a vida ridícula. E ansiava a felicidade, que a felicidade estava no cabaré, na única possibilidade de ser feliz, feliz feito estava ali na beira do rio, olhava o corpo boiando. E não sentia nada, feito se tivesse me preparado a vida inteira para enfrentar aquela situação, pensava naquela forma de ser feliz, o vento soprava no quase fim da madrugada, eu me perguntando.

— Você é feito de que, filho da puta?

4. Desconfiei de um discretíssimo batom

Na severidade do comportamento e, com certeza, na decepção de sua vida, minha mãe nunca falava além do necessário. Na certeza, eu teria certeza de que estivera decepcionada com a vida? A sua vida? O que vem a ser mesmo uma vida? Nunca confirmou se chegou a matar ou não o meu pai. Jamais falou do assunto, nem com o advogado que foi desaparecendo ao longo do tempo. Pelo menos na minha frente, quando estávamos todos juntos na sala de visitas do presídio. Através dele a família soube que meu pai se suicidou atirando no céu da boca com um rifle de dois canos. E é só. Meus irmãos não julgavam, diziam.

— Tome conta dela.

Jamais voltaram para saber o que acontecia. Depois que ela ameaçou jogar a criança no rio, pelo sim pelo não fora preferível ter cuidados, Jeremias mandava reforço financeiro, não sei dizer se Ísis ainda está viva, não acompanho as aventuras da seita religiosa Os Soldados da Pátria Por Cristo pelo interior do Brasil. Dizem que o pastor está rico, a qualquer momento pode comprar um canal de televisão, já adquiriu jornal e rádio, embora várias vezes tenha sido acusado de extorsão, roubo, pedofilia e estupros, sempre defendido pelos fiéis, pelas mulheres vestidas de preto chorando lágrimas de sangue.

No princípio, quando ainda morávamos no casarão da Chora Menino, Dolores passava os dias vestida de preto, cuidava de Biba pela manhã preparava o café, à tarde permanecia sentada próxima à janela, olhava os quintais, a praça, os pássaros, à noite ouvia rádio até a hora de dormir. Não gostava de televisão. Subia as escadas com lentidão, entrava no quarto, passava o xale branco sobre os ombros, ligava o rádio, jamais ouvia músicas. Só noticiário. Baixava o volume quando falavam de crimes, escutava a Hora do Brasil. Ali permanecemos poucos anos até que ela decidiu vender o casarão para morar em Arcassanta, onde há muito mato, verde, e o rio que passa.

— O que você quer com isso?

Ralhou quando me viu abrir a caixa do saxofone, aquela voz mansa e poderosa, que só pronunciava palavras definitivas e breves, sem subir ou descer de tom, linear. Na sala, os dois sentados em poltronas velhas e bem conservadas, o silêncio entrava pelas frestas das portas e das janelas. Havia me levantado fazia pouco tempo. Estava convencido de que poderia alegrá-la — se é que em algum instante conheceu alegria ou tristeza, parecia não distinguir uma coisa da outra — com um pouco de música. Ela ficou de pé, desapareceu na cozinha e voltou com o martelo na mão, deu uma pancada forte no instrumento, bem na curva da parte baixa, depois me olhou, subiu as escadas. Me arrepiei.

Talvez tenha sido assim: meu pai lhe fez alguma raiva, nem precisava fazer, tem gente que basta uma antipatia ligeira — é impossível imaginar Dolores sofrendo — e ela, num desses gestos, cometeu o crime. Jamais acreditei que fosse capaz de atitudes agressivas, sempre cercada pelo silêncio e pela solidão. Deixou que ele se sentasse na poltrona do quarto, esperou que dormisse, enfiou o rifle de dois canos na boca aberta. Desceu a escada, ajeitou o cabelo, saiu de casa. Pediu à vizinha para telefonar. Raras palavras.

Minha primeira vontade foi pegar o sax e meter na cabeça dela, mas minha mãe podia sangrar, desisti, não queria carregar esse remorso, mãe é mãe, tem muitas liberdades, saí para contar o episódio ao maestro Vieira, as ruas recendiam a bogarís, pouco iluminação, árvores altas, raízes quebravam as calçadas, tinha receio também da reação dele, podia não perdoar, dobrei a esquina do cinema, cheguei ao prédio principal do colégio, toquei na campanhia. Um cachorro latiu, logo mais outro, silêncio, ouvi alguém falar, uma voz noturna e soturna, de quem acorda, a luz do quarto foi acesa, o vulto apareceu na janela, andou, passou por outra janela, se dirigia à porta para abri-la, boa noite, o padre já estava na escada e se aproximou, a batina cinza, louvado seja Deus, a voz se arrastava ali diante dos meus olhos.

Abriu o portão e subimos juntos.

— Por que a visita a essa hora da noite?

Passou o lenço branco no rosto, minha mãe quebrou o instrumento, que estupidez, se sentou na cadeira de balanço, concordo, as mãos trêmulas tentavam abrir a caixa, como foi isso?, respirava fundo com um barulho na boca que parecia ronco, veja o senhor mesmo, tirei o saxofone da caixa e mostrei, uma pancada e tanto, hein menino?, coçava a cabeça com a mão direita, não pude fazer nada, tive vontade de chorar esforçando-me para não chorar, a gente manda consertar ainda amanhã cedo, assoou o nariz com o lenço, o mesmo lenço que esfregava na boca e na face, vou lhe conseguir outro que você não vai levar para casa.

Puta merda, fiquei decepcionado. Não por causa do lenço, isso não, cada um passa o lenço onde gosta, na bunda, no sovaco ou no rosto, cada qual com suas seboseiras, o que me decepcionou foi a reação de nada, nada para fazer, nada para exigir, nada e nada, senti saudades da tia Guilhermina, ela teria esmurrado minha mãe e o padre, os dois pagando por

53

um pecado só, e ainda por cima o maestro assoando o nariz no lenço que passava na boca e no rosto, cretino. Não passava de um cretino depravado que se espojava no escarro e no suor, na merda quando se preparava para tomar banho. Ainda vigiou-me com os olhos peados por algum tempo, feito esperasse que eu dissesse que nojeira, padre, nem parece o profeta que fala no púlpito a respeito da morte momentânea, e a sua fé?, como está a sua fé?, que porra de fé, seu padre, eu lá quero falar de fé com ninguém, imagine falar de fé com um padre que não sabe nem limpar o suor da bunda, é melhor conversar com meu irmão, o pastor Jeremias, cuja fé está na ponta do cacete, não se salva nem minha irmã Ísis, amante dele, condutora do rebanho de pecadoras e mãe de Biba, a minha linda Biba, cujo corpo está boiando nas águas sujas do rio Capibaribe.

Morta e nua. Macios peitos, terno ventre. Linda.

As minhas lágrimas de raiva ficaram presas na garganta porque não podia me vingar dos dois, dos dois somente, não, dos três, de maneira que até a lembrança da tia Guilhermina sofresse também, quem mandou ela se meter nos meus pensamentos na exata hora em que desejava matar? Podia me lembrar dela, sem dúvida, noutra ocasião, ali era uma inconveniência danada. O problema todo era saber como é que se maltrata uma lembrança. Vá se foder.

Retornei ao casarão espiando desolado minha sombra nas paredes.

Dolores ainda estava no andar de cima, a porta do quarto encostada, ouvia rádio. Fiz chá na cozinha, fogo baixo, encostado no balcão, braços cruzados, refletia. Xícara na mão, me sentei depois na poltrona da sala disposto a esquecer o episódio, decepcionado comigo mesmo, não devia ter incomodado o maestro Vieira àquela hora da noite. Acho que ele começou a dormir no instante em que toquei na campanhia, o corpo ainda enterrado no cinzento do sono, não merecia a raiva que senti. Mesmo assim não pretendia pedir desculpas. Nem a ele, nem a minha mãe, nem a tia Guilhermina. O problema é que eu não queria me vingar dela, não queria mesmo, não da minha tia, mas de sua lembrança, apenas da lembrança. É bom matar. É bom matar peixe e gente humana. E matar lembrança é ainda melhor, muito melhor.

Noite alta, cigarras e grilos cantavam nos jardins tomados pelo sereno, quase dominado pelo sono, resolvi ir para a cama. De passagem vi mamãe dormindo no quarto, a cabeça arriada, o xale cruzado no peito, a cadeira de balanço parada, o rádio ligado, a mornidão suave do tempo. Coloquei-a nos braços e levei-a para a cama, tão magra e leve era. Terna e suave. Beijei-a na face, tirei-lhe as sandálias, afrouxei-lhe a cintura, cobri-a com o lençol alvo, morno. Apaguei a luz. Desliguei o rádio. Coisa estranha o rádio tocando sozinho, na madrugada, sem ninguém para ouvir.

Uma mulher cheia de cuidados e escrúpulos.

Um vestido para cada dia, nada de repetir roupas, de vesti-las enxovalhadas, com dobras e amassões. Estivessem limpas e não engomadas, isolava-se no terraço, perto das samambaias e trepadeiras, apanhava a tábua e passava-as, com zelo de elegância e firmeza. De pé, primeiro molhava um pano na pequena bacia que ficava ao seu lado com água e sândalo, depois salpicava-o na roupa e só então passava o ferro, cuidando de proteger as dobras e cerziduras, tratava as casas de botões e até os botões com hábil leveza. Por diversas vezes levantava a roupa até a altura da cabeça, na direção da luz, observava cada centímetro, cada quadrado, cada milímetro, soprava para se livrar do incômodo de um cisco, de um só cisco, visível apenas ao seu olho zeloso e vigilante. De volta à sala, parecia que a roupa tinha sido costurada no corpo. Mulher e vestido haviam feito então um pacto de intimidade, não se desfazendo um do outro, jamais.

Mamãe continuava calada, muito calada, os olhos parados de quem espera apenas pela sepultura. Banhava-se pela manhã e pela tarde, metódica, banho completo de sabonete, desodorante e perfume — discreto perfume, sem dúvida —, vestidos pretos, sem enfeites, apenas com dois grandes bolsos laterais nas saias. O mesmo modelo, sempre o mesmo, o modelo, e nunca monótono, feito renovasse o vestuário a cada amanhecer, semelhante aos pássaros que mudam de cor conforme a necessidade do sol. Ela própria fazia as pernas, não pintava as unhas, cuidava-as para que estivessem sempre cortadas, limpas.

Atenção redobrada na higiene. Dela e da casa. Tudo muito limpo, muito no lugar, ajeitado, uma dessas pessoas invariáveis, burocráticas no comportamento, os ombros levantados, parecia que andava com régua, metro e compasso. E orgulhosa. Bastante orgulhosa. Sem uma palavra de bom-dia, nem de boa-tarde, nem de boa-noite, sem ser descortês. Jamais foi descortês com quem quer que seja. Com mendigos, sobretudo. Nunca ia à porta levar uma esmola, não respondia a um aceno e mesmo assim era fácil perceber que estava em comunhão com as pessoas. Com todas as pessoas.

Houve um tempo, devo confessar com cuidado e devida cautela, houve um tempo em que andou pintando de leve as sobrancelhas, passava talco na pele já enrugada. Desconfiei, bem, desconfiei de um discreto — discretíssimo, aliás — batom nos lábios claros e finos. Fiquei na espreita, o peito resfolegava. Quem sabe uma dessas visitas incômodas. Não houve nada. Pelo menos não vi nenhuma sombra de homem se acercando da casa. E se ela tivesse mesmo matado o meu pai, não podia estar armando o bote para outra vítima? Não quis investigar, embora ela sorrisse para mim sempre que me encontrava no corredor. E me procurasse na cozinha. É possível que tenha piscado o olho.

Essas coisas de mãe se investigam. Orgulhosa e paciente, mamãe não era requintada, apenas solene. Um imenso prazer vê-la tomar água. Os dedos finos, longos, tocavam no copo com a necessária firmeza, apenas. Havia uma tal finura no seu gesto que parecia tratar o copo com distinção. Não tomava qualquer bebida em copo de plástico. Rejeitava-o com a veemência do seu silêncio. Levava o copo aos lábios finos com prazer. Nada ensaiado. Não ensaiava nada. Transformava o banal gesto de tomar água numa fina solenidade. Ou no requinte? Sempre tive dificuldade em classificá-la: solene ou requintada? Requintada ou solene?

Eu mesmo sentia inveja, ficava impressionado e me apressava em imitá-la, um desastre — transformava em artificial o que em minha mãe era de uma naturalidade espontânea, magnífica. Brotava da especialíssima finura da sua alma. Estranho tudo aquilo, aquela habilidade, aquela maneira criteriosa, cuidadosa. Aquele silêncio que era maravilhoso, atormentador. Uma mulher, assim como se diz uma mulher. Ou como se sonha. Ou se ama com cheiros e sabores. Uma mulher — meus lábios se agitam na pronúncia. Minha mãe.

Não conversamos sobre o saxofone. Deixei o tempo passar e não discutimos. Não adiantava discutir até porque ela não falava, se eu perguntasse a razão do seu gesto, o motivo daquela agressão, me olharia por um segundo e levantaria a cabeça voltada para o outro lado. Às vezes pensava que ela guardava desprezo por mim: por causa do orgulho, da paciência, da simplicidade.

E por causa, sobretudo, do nojo. Minha mãe olhava para mim com nojo. Dolores me tratava todos os dias com nojo. Me pareceu, me pareceu sempre. Quis diminuir a intensidade dessa imagem pensando que ela me olhava, digamos, com desprezo. Desprezo ou nojo tanto faz. Até mesmo na maneira como olhava para mim obedecia a um ritual, na esquisitice imponente. Os olhos tinham uma firmeza intensa — imagine uma pessoa encontrando outra que já acreditava morta —, depois se abrandavam, ou não?, tornavam-se sombrios — passando da inquietação à tristeza —, e por último caindo para o vulgar — feito quem está decepcionado.

Meus olhos veem cada coisa.

Estaria me desprezando cada vez que dava por mim na sala, no corredor, na cozinha. Gostava muito de cozinhar para ela e se não fosse seu ódio pela música que tal tocar um bolero, uma valsa, um foxtrote? Não me ouviria. Assim eu preferia os pratos. Preparava carnes, doces, massas. Macarrão, torta, pizza. Ela passava a manhã sentada no terraço, olhava a praça, enfeitiçada creio pelos pombos e pelos passarinhos. Quando a comida já estava na mesa, tanto trabalho, cheiros e sabores, ela ia à padaria e comprava um pão com ovo. Se retirava. Eu escutava as sandálias. Me deixava a manhã inteira cozinhando, mesmo aos domingos, subia ao quarto, comia em silêncio, sozinha. Pão com ovo e um copo d'água. Dormia à tarde. Quase sempre sentada na cadeira de balanço.

À noite, olhava-me.

5. Dai-me, Senhor, o dom do suicídio

Sentado de cócoras — ou de pé imitando o homem de branco, chapéu-panamá, fumando —, considerava que aquele momento era em tudo igual às madrugadas que atravessei soprando o maldito saxofone, improvisando muito mais pela incompetência de tocar uma coisa inteira do que pela vontade de criar. Criar, porra nenhuma, queria mesmo era vencer o meu cansaço, drogado e bebendo, fingindo, inventando escalas, jogando com sustenidos e bemóis, piando, piando, piando, afundando nos graves, afundando, afundando, afundando, sabendo que a próxima noite seria igual da mesma maneira, da mesma forma, do mesmo jeito. Afundando mais, afundando mais, afundando mais, uma sensação de azinhavre verde na boca. Esquecia e afundava, piando, esquecia e afundava, piando, esquecia e afundava, piando. Esquecia a partitura, esquecia a música, esquecia a harmonia.

Morri de rir quando me revelaram que Louis Armstrong não lia partitura. Analfabeto. O negrão não conseguia juntar dois compassos, não dividia lendo, nem nos solfejos, encostava os lábios no bocal do trompete e traçava a alma em encanto e doçura. E dobrei ainda mais de rir quando soube que Charles Parker — sabe quem é Charles Parker, o pássaro assassinado? Suicidado? Nem tanto — estudava, estudava muito — estudara, estudou — e improvisava oito escalas diferentes — Charles, o outro negrão, juntava compassos, dividia lendo, solfejava fusa e semifusa, mínima e semínima, colchete e semicolchete, uma ave com sensação de desmaio. Irritei muita gente quando disse que improviso é preguiça de músico.

Na falta de repertório, sem repertório para fechar a noite, sem ter decorado mais nada, e sem coragem para apanhar outras partituras na caixa do instrumento, guardadas e escondias, começava a criar, a inventar, a improvisar. Porque todo mundo tem preguiça a partir de certa hora da noite ou já chega no cabaré se espreguiçando. Preguiça e falta de repertório. Pega aquilo que as pessoas querem ouvir e fica floreando. Se verifica que alguém gosta mais, repete, repete, repete. Inventa as variações mais incríveis, chega a mudar de ritmo e voltar ao ritmo dentro de uma única frase, enlouquecendo o baterista e o baixo. Mastigando a boquilha, desdobrando as notas, fingindo notas brancas e longas. Conheço isso, conheço isso muito bem, posso perceber a preguiça de um saxofonista pela posição da boquilha — se ela anda pelos cantos da boca, pode apostar, não quer nada com nada. E se o sopro começa a sobrar nos lábios, acredite: nem tem coragem de respirar. Pode ser até que pense em criar um som diferente. Gravando, tudo bem. Tocando em cabaré ou em boate, tenha certeza, está com preguiça. Sentou-se, se o saxofonista se sentar, vá para casa que a festa acabou.

Sem camisa e descalço achava que aquele instante era em tudo igual às tardes em que me sentava embriagado na velha poltrona rasgada do meu quarto e começava a tocar, a inventar, a mentir, a porra da improvisação não passava de uma mentira, uma grotesca mentira que eu tinha de inventar todos os dias para suportar a vida, para suportar a vida canalha porque não tenho coragem de me suicidar — Dai-me, Senhor, o dom do suicídio. Senhor, dai-me a mortalha que cobrirá meu corpo mutilado, Senhor. Dai-me o caixão que sufocará minha vida. Senhor, Senhor, Senhor. — Para suportar aqueles casais noturnos e aquela tarde quente sem a menor perspectiva de emoção. Sem emoção: as veias secas nos braços, o coração desacelerado, o peito vazio. Estava exatamente assim quando vi, mais do que identifiquei, o corpo da menina boiando nas águas barrentas do rio Capibaribe que vinham cortando o mundo com cheiro de peixe morto, de urina e de bosta. Mesmo quando ouvia minha mãe dizer:

— Acode, homem.

Mesmo quando ouvia ela dizer essas palavras, mais do que palavras, ordem, não mexia um único pelo do meu corpo. É verdade que senti saudades do saxofone, podia tocar alguma coisa — uma dessas improvisações em que se exalta a vida ao invés da morte — um desses gritos dilacerantes em que a agonia se expande, um desses berros grotescos que impulsionam o destino — um sangramento, um grito, um uivo — mas permaneci assim: de cócoras, sem camisa, os olhos presos na água. Será que me acostumara ao tédio?

Podia e devia me masturbar ali mesmo ouvindo solos antigos, improvisações antigas, lamentos antigos. Podia gloriosamente me masturbar, prestando homenagem fúnebre a Biba — aos seus peitos duros, às suas coxas lisas, à bundinha querida, à furna do prazer devasso. Não consegui. Não conseguia nada. Sentia o cheiro da lama, das manguciras, dos frutos podres. Dos peixes mortos. Os peixes dourados morriam sempre. Asfixiados pela sujeira das águas. Houve mesmo aquele tempo em que os meninos vinham cagar e mijar nas águas só pelo prazer de matar os peixes com a poluição. As autoridades diziam:

— Os peixes morrem por asfixia.

E os meninos cagavam e mijavam só para matar os peixes. Dobravam de rir e de contentamento. Havia apostas. Bebiam muita água, os mais taludos bebiam cerveja, os maiores bebiam cachaça e cerveja, pelo prazer de mijar muito e mijando muito eram responsáveis pela morte dos peixes. Mijavam muito para se transformar em grandes e perversos assassinos. Diziam isso rindo. A gente se sentava formando uma roda e contando pabulagens. Assassinos de peixes dourados, meu peixinho dourado. Na verdade os peixes eram pretos, escuros, negros. Não sei por que eram dourados. Imagino que douradas eram as pessoas que morriam comendo peixe e bebendo água contaminada. Morriam pela boca, assim imagino as pessoas morrendo pela boca: babando e babando, a água saindo na baba. Os meninos rindo, gostavam tanto de rir que dobravam a cabeça. As pessoas ingeriam tanto veneno, tanta poluição, tanta merda que terminavam podres, morrendo pela boca. Meus amigos diziam enquanto cagavam e mijavam:

— Hoje é dia de matar gente humana.

Gente humana — rindo e repetindo para mim mesmo: gente humana. E enquanto lembrava, eles não estavam ali e eu escutava as vozes, catei formiga e me deitei, pensando no tempo em que era bom ser assassino de peixes. E de gente humana. Gargalhei até tossir. Às vezes encontrava peixes respirando, batendo as guelras, sem nadar. Uma loucura de animação, os peixes dourados morriam de verdade. Debatiam-se e iam parando, parando, parando. Ou seja: morrendo, morrendo, morrendo. Ficavam duros, sem mobilidade, azuis. Eram levados para casa e assados na trempe do fogo. Transformavam-se em comida para a cervejada, com merda, mijo e tudo. Às vezes não havia cerveja nem cachaça. A gente matava os peixes e o peixes estavam matando a gente, matando gente humana.

Permaneceria ali até que o soluço de um saxofone distante me acordasse. Do tédio, é claro. Porque não queria dormir, de forma alguma não queria dormir, somente declarar o meu amor por Biba, a minha menina, a minha irmã, a minha vida, a minha preciosa vida.

Desde menina, e não era filha da minha mãe, veio morar conosco. Naquele tempo estávamos sós: eu e mamãe, que passara anos presa sob a acusação de ter matado o meu pai, Ernesto Cavalcante do Rego, o Rei das Pretas. Viera direto do Presídido Feminino de Bom Pastor porque pensara em viver no casarão da Chora Menino, sob a proteção do meu irmão Jeremias, fundador da seita religiosa Os Soldados da Pátria Por Cristo. Alegara que precisava de um canto tranquilo para viver, porque o meu irmão criara o circo — o povo quer rezar na humildade dos ventos, dizia —, não havendo portanto catedrais, igrejas ou templos, apenas a lona ambulante que conduzia os fiéis pelas cidades, vilas e lugarejos do interior, realizando celebrações, espetáculos e putarias — a alma precisa de alimento carnal, recomendava —, tudo de acordo com as necessidades, às vezes sendo expulsos pelas autoridades, anoitecendo mas não amanhecendo.

Dona Dolores queria paz.

Logo depois chegou Biba, filha legítima do meu irmão e pai Jeremias com minha outra irmã Ísis — na nossa família as coisas se resolvem aqui mesmo, não precisamos de estrangeiros para nada. Nem de outros lábios, nem de outras bocas, nem de outros corpos.

Era uma menina que de tão pequena podia dormir numa caixa de papelão para sapatos. Parecia de pluma e lã, brisa de fim de tarde soprando nas águas. Só se desconfiava que ali havia gente por causa da respiração branda, muito branda, o peito leve, levíssimo, embaixo da camisa miúda, de cambraia transparente, às vezes sacudia as pernas, às vezes os braços, tudo às vezes. Até porque no princípio, tão pequeno e quieto o corpo, era impossível distinguir perna ou braço. Uma ternura de menina. Um peixinho, um peixinho dourado.

Os banhos se constituíam num exercício de equilíbrio, de delicadeza e de paciência, quando um ímpeto mais audacioso podia quebrar um osso, torcer o pescoço, um dedo. Cabia toda numa única mão. Colocava-a na mão direita e com a esquerda escorria água e sabonete líquido. A recomendação veio expressa: só use água e sabonete. Não demore com a espuma na cabeça para não irritar os olhos ainda nem azuis, nem verdes, nem pretos. Indefinidos, até que nem parecia ver a gente. Limpe os olhos apenas com a fralda. Use cotonete nas nervuras do nariz e das orelhas. O cotonete não é para entrar no ouvido, pode causar danos. Cuide para não avermelhar a pele da criança. Trate dela à semelhança das asas dos pássaros.

Se ela não se mexesse seria confundida com um travesseiro. Só se parecia com a vida quando chorava.

Na severidade do comportamento e, com certeza, na decepção de sua vida, minha mãe nunca falava além do necessário. Não fazia confissões.

Antes, não bebia. Dolores nunca bebera. Calada, muito calada, os olhos parados de quem espera apenas pela sepultura. De uns tempos para cá, de dois em dois dias saía pela porta do fundo, eu ouvia o ruído das sandálias e das dobradiças da porta, ia ao mercadinho comprar uma garrafa de uísque vagabundo que envolvia em papéis de jornal dentro da bolsa de plástico, recolhia-se.

6. Nunca tive amigos nem sinto falta

Em nossa casa — que é uma dessas antigas casas recifenses, com alguma coisa de senhorial, decadente, caindo aos pedaços, grandes portas e amplas janelas quebradas, degraus arrebentados em curva levando ao terraço, a erva daninha nascia na quebra do cimento — não entrava, em princípio, nem televisão nem serviço de som. Havia apenas o silêncio. Uma coisa que me agoniava: pensava e pensava, sentado na cadeira de balanço, mexendo no dedo do pé ou, com os olhos fechados, abandonado no tempo. Detesto pensamentos, são uma porta aberta para as pessoas dominarem a gente. Os aparelhos foram envelhecendo, quebrando, não eram substituídos.

Até outro dia havia um rádio de pilha que sumiu. Assim: sumiu. Não perguntei nada a minha mãe. Ela não me perguntou nada. Não sentia falta de música, até porque com essa música de rádio é impossível ouvir alguma coisa. Gostava mesmo era de ficar deitado, no chão do terraço ou do quarto, às vezes saía para beber aguardente, uma palavra ou outra nas esquinas, nos bares, entrava nos descampados, fazia minha diversão sozinho, via as mulheres, todas andam quase nuas. Não sentia falta de ninguém. Nenhuma saudade de nada. Nem do mundo nem das festas nem das pessoas — amigos, bom, amigos nunca tive. Conhecidos, alguns bons conhecidos, companheiros de farra, de música, de passeios. Mesmo Biba nunca reclamou, crescida ia à escola, pouco tratava com os colegas, estudava sem muita aplicação. Sem nenhuma aplicação.

Uma menina de saia curta, curtíssima, os fundilhos de fora, lancheira e bolsa cruzadas no peito, um sorriso de orgulho e superioridade — que só crianças sabem ter — sustentando os olhos luminosos. Uma quase adolescente — uma garota com a barriga nua e os ombros impondo carinho e respeito — essa menina, essa menina que atende pelo nome de Biba. Essa doçura que se deitava na cama lendo, fingindo ler uma revista enquanto minha mão corria nas suas delícias, menina, sacrificando minha agonia. Às vezes dizendo:

— Vai logo que eu quero brincar.

Mesmo assim nunca perdia a alegria. Os olhos brilhavam muito, os lábios festeiros no agradar e no beijar. Cheirosa, muito cheirosa. Sempre foi asseada: banhos de rio todos os dias, com sabonetes, colônias e perfumes. Pequena, ainda muito miúda, parece incrível, banhava-se toda, pedia a mamãe para colocar um lenço nos cabelos, elegante e ereta, gostava de me ouvir tocando. Chegava-se ao quarto, empurrava a porta, lenta, muito lenta, ela vinha muito lenta, e se sentava na cadeira do quarto, de sapatos e meias longas, os pés nem tocando no chão. Sorridente, cruzava as pernas e os braços. Calada, ouvia tudo em silêncio. Mais carinho do que festa. Agradava-lhe me ver tocar.

— Quer que eu toque alguma coisa para você, minha filha?

— Basta tocar.

Esfregava as mãos ou limpava algum cisco invisível no rosto róseo. Não se distraía, nunca se distraía, jamais se distraía, mesmo quando brincava, os dedos tamborilando no braço da cadeira. Parecia ouvir mais do que via. Talvez por isso não se preocupasse com o silêncio da casa. Gostava da nossa mansidão, e se mostrava contrariada diante de estranhos. Quando saía da escola, via-a passar pela janela do primeiro andar da casa, esgueirando-me para não ser notado, em companhia de duas ou três colegas fardadas, os braços cruzados, olhando o chão, o rosto quieto, triste. Quase não se despedia ao chegar. Subia os degraus da entrada numa solenidade de adulto. As outras crianças brincavam, chutavam pedras, pulavam corda, riam. Em muitas ocasiões, no momento em que uma delas batia palmas na calçada, procurando-a, me puxava pelo braço e pedia:

— Diga que não estou, tio.

E nunca perguntou pela mãe. Nunca mesmo. Na sala costumava parar diante do retrato de Ísis — quando brincava sozinha correndo atrás de uma bola pelo corredor, sem risos nem palavras —, o retrato emoldurado sobre a mesa, sem um traço de ternura ou afeto, apenas curiosidade. Devo explicar: ela não sabia se aquela era a sua mãe, o sangue despertava. Ninguém nunca explicou, não tinha necessidade. Fora largada e esquecida. Ou a gente é que esqueceu, nem eu nem minha mãe falava. Para quê? Talvez o conhecimento pudesse lhe causar algum sofrimento; nem sofrimento, é possível que ficasse apenas constrangida. De que maneira fosse, era preferível esquecer que algum dia tivera mãe. Em dois breves e reveladores momentos da vida deixou escapar a certeza de que conhecia o fardo da ausência – na escola, quando se referiu a Dolores como sua tia e, em casa, durante o café da manhã, quando de propósito se recusou a pronunciar o nome de Ísis, a mãe.

Sentia que ela ficava triste com o saxofone. Qual a razão? Não valia a pena perguntar. Não, não ia perguntar. Ela podia mentir. Desviar a atenção. As pessoas, mesmo as crianças, sempre mentem. Ou fingem. Mentem e fingem. Na droga, na música, na vida. Ela podia mentir ou fingir e eu ficaria irritado. Ouvindo-me, passava no seu rosto um halo de felicidade, que durante algum tempo identifiquei como cinismo. Até porque toda felicidade é cínica. Daí porque ninguém mais do que ela sentia tão densamente a solidão da casa envolvida, às vezes, pela música. Essa solidão que ocupa os móveis empoeirados, as cortinas mal iluminadas, os espelhos envelhecidos, as camas, as mesas, as cadeiras, essa solidão que se derrama nos quartos vazios, nas salas desabitadas, nos corredores abandonados, as paredes, as portas, as janelas. O saxofone interrompia o curso do silêncio que vinha se tornando cada vez mais caro às nossas vidas, adensando a solidão, o solo selvagem do sax arrepiando nossa agonia e nosso espanto.

Ela pouco falava com mamãe, que também desviava qualquer conversa. Menina pergunta, menina pergunta sempre, menina pergunta demais, indaga, fustiga, interroga. Embora mantivesse com Dolores um pacto de silêncio inviolável. Minha mãe nunca gostou de falar. Creio, nem de pensar. Imagino que ela não pensa mesmo: recusa-se a lembrar. Foi Biba quem trouxe o problema, na mesa do jantar, a colher suspensa, a testa franzida:

— A senhora tem medo de falar?

— Tenho.

— E de pensar?

— Também.

Agora muito raramente toco sax, só umas coisas antigas, que eu não conheço mais o mundo direito, não estudei nada novo, não quero me preocupar com essas besteiras. Quando escuto alguma coisa nas ruas, fico tremendo. Conseguiram matar a música. Tudo rebelião desse homem de branco com chapéu-panamá, fumando na margem do rio e observando o corpo boiando nas águas, e que faz parte de mim: um ser extraviado de cócoras, sem camisa e sem sapatos, indiferente à morte da menina, procurando choro na garganta.

Desde aquela conversa com Biba, minha mãe se tornou ainda mais esquiva. E observadora. Passiva. Nunca se aproximava de ninguém, não admitia conversa nem agrado. Silêncio só. Um dedo não mexia. Não acertava, não errava, nem assanhava o cabelo. As duas se olhando feito gato ladrão. Foi um tempo demorado, muito demorado, as duas nem pareciam se conhecer. Quando passou pelo presídio, Dolores não teve uma única amiga, não fez uma única amizade, nem sequer dava conta de conhecer alguém.

Aos domingos, eu ia visitá-la. Chegava cedo para não enfrentar filas na revista, apalpado nas pernas, na cintura, nos bolsos, mesmo sendo um menino. No princípio o advogado me fazia companhia, depois inventava motivos para não ir, não foi mais. Eu tinha tanto medo dela que evitava tossir, às vezes nem respirava, a garganta segurando o pulmão. Ficávamos juntos horas seguidas. Ela vinha andando, solene, as sandálias seguras, não estendia a mão, os olhos nos pés, parecia não sentir minha presença. Se o vento passasse não faria o menor ruído, teria uma grande intimidade com ela, parentesco de brisa.

Ajeitava a saia. Sentava-me. O rosto quieto, puro. Nenhuma palavra. Parece que alguma vez pigarreou. Parece. É possível que tenha feito algum ruído. Outras mulheres entravam, saíam, não se cumprimentavam. Jamais uma só companheira. Acredito que para não guardar afeto. Insisto: não falava.

E nem se lembrava. É preciso falar para se lembrar — e ela não falava. Mamãe não tinha lembranças. Nunca as tinha. Parece que apaga a lembrança a cada segundo. Não sofre de amnésia. Não se trata disso. Apenas decide não recordar. Deve ser um processo cruel, um processo doloroso, um processo torturante. Se for preciso recordar qualquer coisa que aconteceu há minutos, esquece.

— Não me lembro.

E não era uma pessoa antipática, intratável, qualquer um gostaria de ficar ao lado dela, ternamente, igual tivesse carinho na pele. Eu perdia o senso do tempo sentado com ela no terraço. Ou na sala à noite. Sem televisão nem som nem nada. Só a presença, feito a gente se agasalhasse num ninho de canários, semelhante a quem se protege num lençol de pluma e lã. Protetora, minha mãe era um ventre de mãe.

As duas, assim, duelam no silêncio, no mais absoluto silêncio, raramente cortado pelo saxofone que geme no quarto, uma garrafa de cerveja embaixo da cadeira, os olhos perdidos na vastidão do verde que surge na janela, passo de uma música a outra, nem sinto mesmo quando misturo, escalas e melodias se confundindo. Também, à minha maneira, não sinto falta de palavras. Nem de companheiros.

Quem tem mãe não precisa de amigos. Muito menos de amigas.

7. Vou tirar você daí, lindeza

Pela madrugada, acordei. Nem estranho mais o silêncio. O calor comia a pele. Ardiam os ossos. Sem camisa, saí para o terraço, não me contentei abri a porteira e segui direto para as margens do rio Capibaribe, até que vi o corpo, girando. Apenas girava? Por que fui direto ao rio? Podia ter ficado no terraço, fumando, ir ao terreiro, estremunhando, beber água na cozinha, sedento. Sem sede? Qualquer coisa assim. Na polícia perguntaram-me diversas vezes. Nunca soube responder. Disse apenas que fui às margens do rio, vi o corpo, deitei-me no capim tentando decifrar o que acontecera, o saxofone arrepiava minha alma. Fazia tempo não tocava tão bem. E o homem de branco com chapéu-panamá ainda não estava comigo. Esse homem só estava ao meu lado quando eu tinha vontade de fumar. E de fazer pose para o mundo. Elegante. Sapatos de duas cores. Mão direita no bolso. Cigarro com piteira.

Observei bem, ela não parecia morta nem parecia viva. Estou lembrando, asseguro que me lembro: fui ao rio tomar banho, ao amanhecer, porque fervia de calor. Ao abrir os olhos, antes de ver o teto e de afastar o lençol, antes de tudo, a sensação era de fogo tostando a pele, a língua chumbada na boca, gosto de ressaca na língua. Feito tivesse passado o dia me queimando na praia, bebendo, comendo sal, dormindo debaixo do sol sem sombras, acordando arrebentado. Não disse isso antes porque não me lembrei. Assim como não me lembrei de passar pela cozinha para beber água. A sede que me devorava não foi suficiente para me levar a um copo d'água, um mínimo copo d'água, um breve copo d'água, o que significa que alguma preocupação mais grave, bem mais grave me conduzia, me impulsionava. De forma que assim de relance posso apenas me lembrar do corpo de Biba boiando nas águas. E posso me lembrar também do calor. Com certeza. Já não é talvez do calor, mas também do calor. Seguramente me lembro do corpo. Não somente porque naquele tempo fazia calor. Não, não é assim, e fica assim, definitivo: vi o corpo da menina boiando nas águas do rio Capibaribe, que passava muito largo ali porque acordara com bastante calor e decidira tomar banho, antes de beber água. Foi por isso que a vi nua. Nua e morta.

Eu não queria vê-la nua, juro, não queria, não tenho culpa, não fiz esforço algum para isso. Se ela estava morta, tudo bem. Morta, podia ver. Qualquer pessoa vê uma pessoa morta. Nua, é outra coisa. E ali eu a via nua e morta. A menina.

A princípio garanti a mim mesmo que ela estava morta: morta e boiando nas águas. Lindeza de pernas e braços. Uma doçura de menina. Com sinceridade: uma doçura de menina de pernas e braços. Linda doçura. O sexo exposto. Também não a vi imediatamente, vieram a sombra, a mancha vagando e só depois o corpo. Uma menina, meu Deus, uma menina morta. Não fumei charuto, cachimbo ou cigarro de palha porque não havia nada nos meus bolsos. Devo ter dito isso porque não sou viciado. Não, não foi. Engano meu. Com vício ou sem vício eu poderia fumar. Não fumei porque não quis. Porque só havia água e não havia fósforo. Porque o homem de branco havia fugido, essas pessoas sempre fogem. Somente por isso. Imagine se eu ia deixar de fumar por isso ou por aquilo? Porque Biba morrera. Que merda. Eu nem sabia que ela estava morta. Não havia convicção alguma. Nua, sim, estava morta, permaneceria nua por muito tempo, meus olhos não negam.

Por que morta? Por que estava boiando nas águas? Quem é que garante que uma pessoa viva não pode boiar nas águas de um rio? Pode, eu mesmo sei boiar, fico danado quando querem me desmentir. Posso até morrer, é verdade. Posso morrer. Daí a acreditar que eu não fumei porque ela morreu, a diferença é enorme. De minha parte, posso assegurar, na minha cabeça não passa essa ideia. Morta e nua. Tudo bem. Digamos que isso não se discute. Mas o que é que tem isso? Mais do que normal que uma pessoa entre nua nas águas em plena madrugada de calor para se refrescar. Em madruga de grande calor feito acontece no verão do Recife. Verão no Recife é delírio de fogo. Basta estar vivo para testemunhar o incêndio.

Deve ter sido isso o que aconteceu com ela. Acordou queimando, foi para o rio, tirou a roupa e caiu n'água. No que fez muito bem. Muitíssimo bem.

A única pessoa dessa nossa casa que nunca tomou banhos de rio, nem nua nem vestida, é minha mãe. Dolores tem suas estranhezas, é assim mesmo. Às vezes acredito que ela não tira a roupa nem mesmo para tomar banho. Ou porque tem vergonha de mim. Há pessoas que têm vergonha da nudez mesmo quando estão sozinhas. Incrível, mas é assim. Ficam se cobrindo, nem se olham no espelho. Há quem não acredite, não vou discordar, o certo é que vi: minha mãe também ficava nua, de uma nudez tão esquisita que era como se a pele fosse a roupa. Foi uma vez, aqui em Arcassanta. Esse, no entanto, é um assunto reticente, muito reticente, que eu prefiro guardar no segredo do sangue. Sim, no segredo do sangue. E do sangue mais secreto. Porque meu pai estava me espiando com o chicote na mão. Não gosto quando ele me olha assim, não gosto, não bastasse Dolores incomodando meus pensamentos, ele aparecia com sua cara de zanga. E de castigo. E de punição.

Eu é que não devia ter vindo ao rio. E se tivesse vindo, fazia de conta que não via, voltava para casa. Ocorre que eu vim, eu vim e daí testemunhei. Ali me dei conta de que estava iniciando uma aventura, estava dentro de uma aventura, no redemoinho que me consumia a luz: Dolores me enredava num crime. Punha-me na suspeita. Aquilo era coisa dela. Bastava tomar um copo d'água na cozinha e me banhar no chuveiro. Que é frio. Bem frio. Que estupidez falar em frio num lugar desse. Um tanto assim morno. Passei um bom tempo olhando até que me decidi ficar de cócoras, quase sentado no chão, tocando a bunda nos calcanhares, eu vim e comecei a desconfiar que ela não estava morta, apenas fingindo.

— Vou tirar você daí, lindeza.

Fui buscar uma corda no terreiro de minha casa, amarrei o corpo no tronco da árvore próxima do rio, aquela mesma árvore que eu usava para despachar minhas intimidades imundas, com certeza Dolores conduzia minha vontade. Não foi fácil assim: amarrei o corpo no tronco da árvore apenas. Simples demais. Apenas simples demais. É verdade que amarrei o corpo no tronco da árvore, mas até chegar lá lutei. Lutei muito. Tudo muito é demais. Fiquei cansado. Trabalhei, trabalhei sempre. Exausto, fiquei exausto. Desci a margem escorregando, protegendo-me, deslizei no barro para não cair, feri as mãos nos espinhos e no capim, não sei por que não mergulhei.

8. E se ela estivesse com a boca cheia de peixes?

Então fui com calma, muita calma, muito mais calma, deslizando, esqueci a pressa, lento. E triste, estava triste. E triste e zangado. Triste porque fora capaz de ofender a menina. Magoado, que merda é essa, chocado, que merda é essa de afogar a menina, que merda é essa de ofender a menina, irritado. Vem Biba, faz todo aquele esforço para boiar nas águas, feito moça linda de circo, tentando me alegrar, procurando me tirar das chamas do calor, das chamas do cigarro e da alma, e eu ali a torturando. Não merecia o santo nome de irmão. Santo, sim, santo. Irmão é santo, irmã é santa, pai e mãe são santos, toda família é santa, nasceu para santidade, foi por isso que veio ao mundo, que veio povoar o dorso quente do mundo, a terra bruta do mundo. Não desejava de forma alguma que ela sofresse aquele susto. Tomei cautelas. Se eu não tivesse muito cuidado iria acordá-la. Aproximava-me.

Um mulher, que ainda nem é mulher, menina, uma bendita menina de olhos dourados, pode boiar dormindo? Não acredito. Agora faço um reparo: ela pode até boiar, mas estará acordada. Por isso, durante todo o tempo imaginei que ela estivesse acordada mesmo. E se estivesse morta? Se ela estiver morta exige mais respeito, mais cuidado, mais atenção, porque com morta a gente tem que oferecer tratamento de vivo. Estaria com a boca cheia de peixes? Melhor do que na terra porque aqui quando a gente morre nos prados, nas ruas, nas esquinas, fica com a boca cheia de formigas. Com sinceridade. Ela sabe.

Peguei a corda, passei ao redor do corpo por baixo dos braços, por baixo dos sovacos, puxando-a para cima. Agora segurava-a firme. Se dormia, o sono de Biba era muito forte, estava fingindo, porque precisei usar muita força para conseguir dar um nó na corda. Talvez ela pudesse colaborar. Levantar um braço, levantar outro, levantar os dois, sei lá. Ou então acordar, porra. Ela era bem leve quando estava dentro d'água, mas ficava pesada, muito pesada, no momento em que eu precisava erguer o seu corpo. A boca cheia de peixes, de capim, de barro. Nenhum sorriso, não dava nenhum sorriso, a incapaz. Exigia tanto de mim e não sorria. Não reagia, não reagia mesmo, nem risos nem movimentos. Tinha vontade de pedir:

— Ajuda, menina, mesmo se você estiver morta, ajuda, condenada.

A terra molhada no fundo do rio fugia dos meus pés que escorregavam, patinavam, nadavam. Meu corpo ia ficando leve, ficando leve, meus dedos tocavam na areia e se soltavam, os pés subindo. Quando eu mais forçava para baixo, mais minhas pernas se soltavam, batiam, giravam. Rodopiei, rodei, caí. Por pouco não afundava, levando-a comigo. Batalhei muito. Começava a beber água. Não foi naquele instante, acho que um pouco depois, creio quando já estava voltando à terra, considerei de verdade — ela está dormindo. Filha da puta. Acordada, nunca. Acordada teria pelo menos nadado. A não ser que fosse muito estúpida. E não seria novidade. Uma das marcas mais concretas do seu caráter era a estupidez.

Retomei a corda e a luta. Procurei verificar o que estava errado e, por baixo dos braços, em volta do corpo, dei um nó. Depois que dei o nó, finquei os pés na terra enlodoada, meio que desequilibrado, puxei a corda por cima do meu ombro e, com mais cautela, já prevenido, voltei às margens, arrastando. Voltei, não, tentei. Escorreguei de novo. Pisei firme, se é que se pode pisar firme naquelas circunstâncias. Foi o corpo dela que evitou outro fracasso. Esbarramos. A corda não se soltou e eu tive de trazê-la, igual a quem carrega um saco nas costas. Segurei-a com raiva, com muita raiva, reclamando deixa de frescura, Biba, ajuda, menina.

Sentei-me para descansar, respirando com dificuldade. Amarrei-a no tronco da árvore. Não tenho mais dúvidas: ela morrera devia fazer algum tempo. É claro, desde o princípio eu sabia que ela morrera. Ou não sabia? Sabia, estou convencido. Morrera, sim. Sem dúvida. Aí eu não queria acreditar. Por isso, talvez, é possível, esperava que ela sorrisse, falasse, gargalhasse. Pulasse no meu colo, os olhos quebrados, biquinho nos lábios, chorosa e alegre, dizendo meu herói, ó meu herói. Essa safada.

Outra vez fiquei pensando que seria incrível ter um cigarro por perto. O homem de branco, sapatos de duas cores, aproximava-se. Odeio sapatos de duas cores. Precisava pensar, organizar minhas ideias, botar o juízo no lugar. Tinha uma pena enorme de Biba. Ela devia ter vindo pela madrugada tomar um banho, um belo banho bom de mulher que se acarinha nas águas, tirando a roupa, caindo n'água, procurando o refrigério que Deus concede às almas atormentadas, salvando a pele do fogo, do fogo eterno que ela tanto temia. Nadando com os braços pequenos de menina, soltando os braços, leves braços de moça, movendo os braços, brincando. Mergulhando. Subindo, os deliciosos peitinhos para cima, peixe que se move para o alto, a cabeça erguendo-se, o corpo em arco, o corpo em dobra, caindo, voltando para baixo, emergindo, os braços descolados, agulha procurando as profundezas, as pernas batendo, agitando-se, sacudindo-se, no barulho de quem se salva a nado.

Enquanto a manhã inteira não chegava, eu podia pelo menos tomar algumas providências. A primeira seria enterrá-la. Não tinha família mesmo, os pais continuavam orando pelas ruas, pelas estradas, pelos arruados, onde fosse possível armar o circo — os pobres de Deus conhecem a humildade, gritava meu irmão Jeremias —, e minha mãe lá no canto dela, tomando uísque barato, vivendo no oco do mundo, vá ver ela nem ia sentir falta da menina. Eu é que não queria contar nada. Voltar para casa, fazer cena dramática, ficar dizendo com ar de chorão, de lamentoso fingimento.

— Biba morreu, sabe Dolores, Biba morreu.

Saber mesmo, não saberia a reação de Dolores. Nem queria saber. Ela lá, eu cá, e vamos esquecer nossas intimidades, está bem assim, mamãe, não está? Nunca ninguém sabia qual a reação dela. De jeito e forma. Podia afundar ainda mais no silêncio, puro silêncio, inviolável, escândalo não daria. Isso sim. Falaria? Não sei. Nunca foi de falar. E por que é que eu temia a reação de Dolores? Para mim seria insuportável convocar a casa funerária, colocar caixão na sala, acender incenso, promover enterro. Ela talvez ficasse sentada num canto, bebendo, sem uma lágrima nem uma tosse. Uma tosse seca, rápida, cortante. Talvez incomodada, talvez incomodando, talvez incomodando-se. Mesmo quando era apenas uma moça de família, os pais desconheciam seu comportamento, tinha uma incrível capacidade de não se revelar. Desconheciam não é o termo, não entendiam. Talvez ela tivesse também que carregar uma doida nos ombros. Igual acontecesse comigo. Fazia aquele silêncio todo para que a doida não se manifestasse. Se abrisse a boca, com certeza a doida ia gritar, espernear, berrar. Tinha que manter o controle. Cada doido escolhe seu jeito. É assim. Durante as vinte horas do seu julgamento no tribunal de justiça, acusada de matar meu pai, não pediu um copo d'água. Entrou no salão de júri na hora certa com a guarda, sentou-se entre os dois soldados, vestido negro com pequenas bolas brancas, gola fechada, mangas até os cotovelos, apenas um cinto fino marcando de leve a cintura, sandálias baixas de couro. Me disseram. Cruzou a perna esquerda sobre a direita, numa das mãos um lenço branco, as duas mãos no regaço, uma sobre a outra, em concha, a cabeça inclinada para a direita. Os olhos parados. Não chorou nem tossiu. Mais por respeito do que por humildade, penso. Ela jamais me diria uma coisa dessa, não comentaria, humildade e punição, jamais. Culpa? Se ela algum dia se sentiu culpada, não disse nada. O advogado contou-me que teve um trabalho incrível para preparar a defesa, se ateve aos termos do processo, e que nem era grande coisa. Ela não falou. Sim e não, sim, sim, não, não. Deve ter sido ouvida pela acusação e pela defesa. Imagino que passou o tempo todo pensando noutros assuntos. Se é que pensou. E se é que pensa. Respondeu ao juiz do mesmo jeito, sem encará-lo. Terminado o julgamento, nem mesmo estendeu a mão às pessoas.

Nas minhas visitas ao presídio — meus irmãos jamais pediram qualquer tipo de notícia, até acho que nem tenho irmãos — acreditei que poderia ouvir alguma confissão — não, já não digo confissão — duas ou três palavras, porque para mim significava muito saber se o meu pai fora assassinado — e por ela, por minha mãe — ou se se suicidara. Se minha mãe era ou não uma criminosa. Se o meu pai era ou não um suicida. Até porque dizem que o crime ou o suicídio são hereditários. Tenho um feitiço enorme pelo suicídio, mas garanto que não vou me suicidar. De forma alguma. Gosto demais da vida, embora ela me custe demais. O que me impressiona é o abismo do suicídio, o escuro do suicídio, o fundo negro do suicídio. Ou a morte. Qualquer tipo de morte é sempre escuro. Entretanto, ir para o escuro, para o negrume ou para o suicídio por livre e espontânea vontade me parece um mistério inviolável, atordoante e grotesco. Mesmo assim, encanta-me o fato de que são maravilhosos os suicidas e os apaixonados, sabem que a vida é um instante, sabem num instante. Decifram a charada no ar, sabem o gesto do assombro.

Dolores jamais me disse algo. Também não perguntei nada. Procurei envolvê-la, uma vez. Escapou fácil da armadilha. Ter mãe assassina é tão complicado quanto ter pai suicida, disse isso a ela, disse sempre, digo agora. Parecia não escutar. Sem gestos, sem movimentos. Não alterava a posição do ombro. Só posso garantir que ela não era muda porque falava de quando em vez, só quando queria, o que gostava, o necessário, duas ou três palavras, coisa rápida, ligeiros esclarecimentos, saudações nunca. Não pedia. Se quer comprar o uísque, vai. Se quer comer feijão, vai. Se quer ir na esquina, vai. E só. Nada de prosa. Nada de assuntos. Nada de insistência.

Sentado, senti vontade de fumar. Aquilo me irritava, me irritava muito. Irritava-me cada vez mais. Nunca fui viciado em cigarros, como agora estava pensando o tempo todo em fumar? Alguém — ou alguéns? Ou só alguém? — estava querendo desviar minha atenção. O homem de branco? Para que eu não ficasse pensando em Biba, no suicídio de Biba. Por que alguém ia fazer isso comigo? Ocorre que somos controlados pelos pensamentos de quem nem se desconfia. Com certeza o mundo é assim. Basta verificar que quase todos os dias aparece um problema ou outro para causar dificuldade, vai ganhando dimensão, causando dor de cabeça, preocupando, ocupando a mente, coisas que nem mesmo interessam, circulando, circulando, circulando. Irritando.

É aí que alguém interfere. Estou certo. Pode parecer bobagem, não é não, não. Esse alguém a gente nem sabe quem é. Mesmo assim atormenta, atormenta muito. E têm muitos alguéns. São pessoas que gostam e que não gostam da gente. Pode acreditar. Interferem nas ações, nos pensamentos, nos assuntos. De repente a gente leva uma topada. Sabe o que aconteceu? Alguém que mesmo estando muito, muito longe, muito distante, estava pensando na gente e desejou que a gente sentisse uma dor no pé. Aí, nesse momento exato, acontece a topada ou uma dor no nervo, uma câimbra, uma pedra no sapato, instantâneo: a gente também pensa nesse alguém. Na hora. Na hora mesma. Também pode ser alguém que já morreu. Pode ser. É lógico. Nada de anormal. Claro, claro, claro.

9. Beijos e delícias — um ritual das lágrimas

Quando estava sentindo ainda mais essa esquisita vontade de fumar, me desviando da preocupação com o possível enterro de minha irmã, desconfiei não ser apenas o homem de branco, sapatos de duas cores e piteira, que me incomodava, não mesmo. Naquela hora, me certifiquei, e pronto — o alguém era Biba, a danada. Para que eu não sofresse, para que eu não chorasse, para que não me arrepiasse. Fazia tão pouco tempo que morrera e já tivera licença de Deus para se preocupar comigo? Voltei-me e acarinhei seu rosto. Estava ali, tão perto, os peitinhos arriados. Quis devolver-lhe o afeto. Beijei-a na boca, na face, nos cabelos. Logo tive um momento de dúvida, podia nem ser ela. Mesmo assim, sedutora, podia muito bem já ter conquistado as graças de Deus.

Deve ter vindo de madrugada. Tirou a roupa. Sim, tirou a roupa. Para começo, de conversa, certo, tirou a roupa. E havia necessidade de tirar até a calcinha? Nascida nua, morria nua. Não sei bem, estou ficando desconfiado que veio nua de casa, até por um detalhe insignificante: as roupas dela não estão aqui nas margens do rio. Nem nas margens nem nas águas. Então veio nua para cá. Escorregou, caiu na água, morreu afogada. Uma hipótese. Há também a possibilidade de que ela tenha morrido em casa. Um enfarte, talvez. Depois de morta decidiu morrer melhor. Uma morte por enfarte é comum demais. Não ia caber no corpo e no destino de menina tão bela morrer assim. Jamais.

Morreu na cama — morrer na cama, feito quem nunca saiu de casa, quem nunca atravessou a porta para o perigo, quem não sofreu nem amou, debaixo das pancadas da paixão, nem gemeu nem gozou — e percebeu que aquilo era medíocre. Para uma grande vida, uma bela morte. Optou por um fim mais glorioso. Devia estar revoltada, decepcionada. Foi aí que tirou a roupa e caminhou para o rio.

Pulou.

Sustentou a respiração e manteve os pulmões fechados, abriu o nariz e a boca para engolir muita água, segurou no mato ralo e rasteiro, e vagava, o corpo tentava voltar, os peitinhos murchavam, soltou o ramo de capim, agarrou outro, tombou, e aí tentou respirar. Um clamor de água entrou na boca, no nariz, na garganta, nos pulmões. Borbulhou, roncou, golfou. Sustentou a morte nos dentes. A pele azulada. Subiu até quase a cintura, os peitinhos apontavam para o céu, e ela arriou, e flanou, de costas sobre as águas, depois rodou, rodopiou, redemoinhou, sangue na boca, no nariz e nos ouvidos, sangue e baba, uma baba que se avolumou e se desmanchou, os lábios roxos.

A morte nas águas. Com alguma coisa de suicídio. Não, com alguma coisa, não. Ou é suicídio ou não é suicídio. Ninguém se suicida pela metade. Não no caso da menina, ela pode. Pode qualquer coisa. Ou pode assim: Biba morreu dormindo, de enfarte. Percebeu que aquela era uma morte sem grandeza. Não ia aceitá-la. Não queria. Não gostou porque uma morte tem que ser saudável. Tanto quanto a vida. Tem gente que morre com vida. Não é por menos que há quem faça manicure e cabeleleiro. Portanto, uma morte indigna aquela na cama. Sobretudo para uma menina que tinha um corpo tão belo, os deliciosos peitinhos duros, bicos arroxeados, coxas redondas e delicadas, sexo afetuoso, que há pouco tempo vivera os primeiros momentos de alegria e gozo. Precisava melhorar a morte. E foi o que fez. Com a maior dignidade.

E nua.

Afinal, Biba, o que era que você está fazendo aqui? E morta. Isso é jeito de morrer? Da próxima vez tenha mais compostura, ouviu?

* * *

Ela gostava de dormir na minha cama. Às vezes passava o pequeno braço no meu ombro; às vezes alisava minha orelha; às vezes assanhava o meu cabelo.

E me beijava. Me beijava muito, com aquele jeito de brisa e vento, carícias.

Dolores precisou ir ao meu quarto, por algum desses motivos inesperados que surgem sempre na madrugada, empurrou a porta e me viu deitado com ela. Nus, os dois, homem e menina. Testemunhei quando encostou a porta. Eu achava aquilo a coisa mais natural do mundo. Estávamos acordados, trocando beijos, esperando o sono chegar, delícias e beijos. Não manifestou qualquer emoção.

Sem uma palavra, o que não é novidade, e também sem uma palavra de Biba, o que é novidade, pegou-a pela mão. Levou-a para o quarto dela. Não tinha nenhuma razão para agir daquela maneira. Só pode ter sido ciúme. Ficou proibida de se aconchegar comigo.

Assim pude compreender o sofrimento da menina. Obedeceu. Obedeceu de verdade. Não havia como desobedecer. É esquisito, Dolores tem um incrível poder de mando, nunca diz faça isso para não ser obedecida, isso ou aquilo. Por qualquer pessoa. De casa ou de fora dela. Talvez porque ouvir sua voz fosse muito estranho — surpresa, espanto, susto, uma voz tão escondida na garganta que parecia eco esgazeado de esgoto. Quente, repentina. Talvez porque só desse ordens na hora certa. Não desperdiçava palavras, sabia a hora exata de falar e quais as palavras que deviam ser pronunciadas. Escolhidas, escolhidas e medidas.

Entrava em casa quando encontrou no jardim um ladrão que fugia com vários objetos. Disse:

— Deixe isso aí.

Nem gritou nem berrou — sem escândalos. Como quem pede:

— Me dê um copo d'água.

Não houve reação, sequer suspeita de reação, um olhar de desconfiança. Deixou tudo aquilo, o bandido. Com humildade e obediência. Nunca mais voltou. Nem ele nem os outros. A única casa que dormia com portas e janelas abertas. Exclusiva.

Estabeleceu-se o ritual das lágrimas. Tarde da noite, a garota atravessava a sala, esfregando a fralda nos olhos, entrava no quarto e chorava, chorava baixo, chorava. Depois eu ia para o meu quarto e chorava também, chorava muito baixo, gemia. Não que tivesse vontade de chorar — nem tinha vontade, vontade alguma, vontade nenhuma. Precisava ser solidário. Se ela chorava, era necessário que eu chorasse, não podia deixá-la chorando sozinha. Não seria justo que dormisse sem mais nem menos, solitária. De forma e maneira.

Vendo bem: eu não chorava, apenas soluçava sem derramar lágrimas. Ficava acordado, lendo revista, jornal ou livro, e soluçando. Soluçava sempre e alto, só queria que ela ouvisse, que percebesse a minha solidariedade fraterna. Apagava a luz e soluçava, pensando em coisas, muitas coisas, e soluçando. Provocava remorsos em Dolores. Porque se ela sentia tanto ciúme de minha intimidade com a menina, devia sofrer também. Um sofrimento diferente daquele que eu e Biba sentíamos. Sem deixar de ser sofrimento. Feito quem quer entender a leveza do vento.

Dolores ficava na sala com aquele ar hierático, sentada na cadeira de balanço e a cadeira rangia, bebendo uísque, água e gelo. Muito gelo. A casa possuída de funda e fria severidade. A noite afundava. Ela parecia nem sequer bater o olho quando a luz oscilava.

Eu tinha vontade de rir por causa do ciúme de Dolores, por causa do choro lamentoso e por minha causa. De todos, o mais estúpido era eu — um choro que nem era choro nem lamentação. E misturava choro com riso, até porque eu chorava por mim e ria de mim. Que coisa mais ridícula: chorava e ria para me solidarizar com Biba; chorava e ria para me atormentar. Dolores chorando e rindo para me escandalizar. O mais atormentado era eu. Porque Dolores não se sentia atormentada, imagino, jamais falou comigo sobre esse assunto — nós não falávamos sobre nada —, e porque Biba talvez nem sentisse a solidariedade. Se ela não estava preocupada com a sua angústia, por que ia se preocupar com a minha? Mulheres são assim, gostam somente delas. Talvez a garota não me escutasse, brincando com o seu silêncio.

Todas as noites eu estava pronto para chorar. Entrava no quarto e começavam os soluços. Ou os risos. Soluçava e ria. Brincando e me atormentando. Às vezes rolava na cama, sacudindo os travesseiros. Ou com uma revista nas mãos. Naquele tempo acreditava que a menina era quem mais sofria. Semanas inteiras ela se lamentava porque não acarinhava o meu peito nu, porque não beijava os meus ombros, os meus olhos, a minha face, a minha boca. Acredito. Doces beijos, os da minha boca.

Uma noite — uma dessas noites em que alguém interfere, essa entidade que comanda a vida da gente —, esqueci de chorar. Não tinha um livro interessante para ler, nem silêncio para ouvir, nem mesmo sonho para sonhar, tudo por um desses motivos obscuros, sempre obscuros. Obscuros, misteriosos e profundos. Deitei-me, puxei o cobertor até o peito, o que era uma insensatez porque fazia muito calor — o Recife sempre faz muito calor. De repente, me perguntei:

— Por que é que não estou chorando?

Esqueci de me solidarizar com Biba, minha menina Biba, que fora punida porque dormira comigo na santa inocência da nudez e dos beijos doces. Levantei-me disposto a me punir também. Peguei um prego e furei minha barriga. Gemi, gemi muito, forte, olhava meu rosto fazer caretas no espelho. O sangue escorreu cintura abaixo. Deitei-me. Sufocava de dor e de raiva. Dor e raiva se misturavam a um sentimento esquisito de desprezo e solidão. Por que me viera aquele sentimento de solidão e vazio?

Foi aí que me bateu uma dor ainda mais incrível: a casa inteira estava imersa em silêncio — nem Biba chorava, nem a cadeira de Dolores rangia. Fiquei irritado, desconfiava: faz dias que isso acontece? Faz noites, faz madrugadas? Então nem ela se lembrava de chorar nem minha mãe balançava a cadeira? E eu fico aqui chorando sozinho? Chorando e rindo? Não sabia qual era a dor maior — a barriga furada ou a decepção. Passava álcool no ferimento, reclamava:

— Mulheres têm sempre que enganar.

Dolores deve ter pedido a Biba para não chorar mais, nunca mais, no que foi atendida, atendeu, sempre atendeu, e também parou a cadeira de balanço. As duas riram muito enquanto eu soluçava solitário no quarto. Então ficou apenas o meu choro,

choro de idiota, choro de palhaço, choro de bobão. O silêncio cruzado pelo meu soluço. Para elas, um divertimento. Passei a fazer graça? Saio em solidariedade e sou punido com o riso.

* * *

Então achei que o alguém daquela hora em que a encontrei era ela mesma, que devia estar morta sonhando comigo, e enquanto sonhava queria que eu tivesse vontade de fumar. No quarto também acreditara que a menina sonhava porque fora afastada de mim por minha mãe e por isso eu queria cigarros. E não os tinha. Pelo simples fato de que não fumo. Todas às vezes que estou morrendo de vontade de fumar não tem cigarros por perto. Devia comprar uma carteira de cigarros — ou de charutos — e deixá-la na gaveta. Não, na gaveta, não, no bolso. No bolso também não, porque as pessoas vão terminar acreditando que eu fumo. E eu não sou fumante. Mas o que não posso é comprar uma gaveta e sair andando com ela pela rua. Aí as pessoas vão pensar que eu sou doido. Ou seja, fumante e doido. E eu não sou nem fumante nem doido.

Tenho vontade de fumar, uma enorme vontade de fumar, e não fumo. Quero que isso fique bem claro. Não é por questões de saúde, por cuidados especiais, nada disso. Seria intolerável imaginar que as pessoas acreditam que eu fumo. Isso, não. Eu não fumo. Essa é a verdade definitiva. Não se pode pensar que eu fumo só porque tinha cigarros nos bolsos. E eu não os tinha. Nunca carreguei cigarros no bolso. Nem no bolso nem na gaveta.

Se Biba fosse o alguém que me pedisse para fumar, estava escrito — eu fumaria. Me transformaria num fumante com pigarro, tosse seca, dedos amarelos e tudo. Juro, assim. Era capaz de comprar cigarros, acender um e sair fumando pela rua, todo posudo, todo frajola, todo elegante, vestido de branco, sapatos de duas cores, e piteira. Estou quase convencido de que o alguém é ela. E tremo, com medo. Porque não pode ser Dolores. De forma alguma. Ela não ia me jogar no vício. Afinal é minha mãe e não vai ficar jogando dessa maneira. Chego a acreditar que ela, na condição de alguém, até que interfere para que eu tenha vontade de fumar, só vontade, então eu só tenho vontade. Não fumo.

E pode ser um acordo entre as duas, você, Biba, faz ele ter vontade de fumar, só vontade, e eu interfiro para que ele não compre cigarros.

Se Biba está mesmo morta e se já é alguém do outro mundo, o que complica muito a situação, o pacto com a minha mãe deve estar se ampliando. E complicando. Tenho um medo grande de almas pecadoras e me inquieta o fato de ela ter tomado o bonde errado para me atormentar. Sendo um dos nossos, tudo bem — daí a ser defunto me incomoda demais. Intolerável. Gente não nasceu para ser incomodada.

Aliás, esse negócio de ser gente é muito chato, a gente sofre todas as interferências do mundo.

Vem daí esse tormento todo. Essa agonia que a gente passa de instante a instante.

Pequena, Biba gostava de brincar de carícias. Vinha ao meu quarto encostando-se nas paredes do corredor para não ser vista, protegendo-se. Uma inquietação de menina. Primeiro ficava no meu colo e em seguida deitava-se, dizendo:

— Vamos brincar de beijar peitinhos.

Acho que adquiriu esse hábito desde cedo quando eu roçava o queixo no seu busto para provocar cócegas. Sentia os pelos da barba rala e com certeza imaginava que eram beijos. Na verdade, eu já devia estar prevenido e evitando. Não questionei, não briguei, não me afastei. Até que devia, era de minha responsabilidade. Preferi provocar risos. Ela ria e gritava. Tão menina. Dolores olhava-me de longe com severidade. Reprimenda ou ciúme? Vá entender o que vem dessa mulher. Sentava-se na cadeira de palhinha quando chegava a hora do banho. Vigilância pura.

Ela exibia aquela maneira firme de caminhar e a frieza nos olhos. Ausência de palavras. Ou de pensamentos. Imaginar que Dolores não pensava, cria um nervosismo imenso no sangue. De verdade. Uma pessoa sem pensar é desagradável. Penoso. Sem querer refletir o passado, sem poder refletir o presente, sem forças para questionar o futuro. Assim feito móvel usado num canto de parede na sala abandonada, um cisco. Esquisito. Ocorre que ela era tão decidida e parada que dava a impressão de uma pessoa que nunca saía do lugar. Sempre. Parada e fria. E distante.

Uma mulher de ausências, essa mulher, essa mãe, com uma testa lívida e lisa, sem uma ruga, sem marcas, sem manchas. Parecia que no rosto havia uma máscara de vidro claro, visível. As sobrancelhas escuras, escuras e quietas, o nariz dividindo a face com equilíbrio e força, o olhar aceso, castanho e aceso, com uma simpatia reticente, cheia de aproximações e distanciamentos. Nunca foi antipática, jamais, e não abria os lábios para um sorriso. Incapaz de dizer bom-dia.

Os olhos de Dolores atormentavam. Me atormentam. Sempre tive medo dos olhos dela e de todos os olhos. Sempre achei que os olhos veem demais, chegam e vão devastando tudo, temo que as pessoas me vejam nu por dentro, que é a pior maneira de se ver uma pessoa. Eu mesmo não sei olhar, confesso. Não sei olhar de jeito nenhum. Tenho tantos medos. Não sei como é possível uma pessoa viver assim.

Até o dia em que vi minha mãe tomar banho.

O acorde da banda subiu em uníssono desde o som mais leve e sutil até a manifestação estrepitosa de pratos, bombo e caixa, dando a impressão de que a vida se partira em pedaços, conduzindo-o para a sombra das três mulheres de vestidos transparentes que bailavam e dormiam em espreguiçadeiras no largo terraço da fazenda. Sentou-se também. E pareceu que o repouso do mundo, com sua absoluta tranquilidade, se instalou também ali, sob a proteção das mulheres. Proteção de carinhos e rezas.

Naquela solidão da nudez tão mais íntima que Deus pode conceder e tão mais íntima do que os olhos podem suportar. Se eu fingira soluçar e chorar até ali, chegara o justo momento de chorar de verdade, de pura verdade, de pura e cristalina verdade, aquela passou a ser a única e absoluta verdade — a nudez de Dolores, a mãe. A nudez de Dolores, minha mãe, e nua.

Nem podia imaginar que minha mãe ficasse nua.

Com a mais absoluta sinceridade, com toda a sinceridade que corre nas veias de um homem, com a mais vigorosa e forte sinceridade, era tão distante, tão inacreditável, tão impensável, que eu achava impossível — impossível é a palavra adequada. Existiria mesmo uma palavra adequada para aquela situação?

Ela não podia ficar nua, não havia nudez nela, não podia e não havia nudez. Existiam apenas pele e pelos. Com sinceridade. Me arrepio todo quando penso nessa pele, nesses pelos, nessa carne. Eu devia ter fechado os olhos. Claro — eu sei, eu sei, eu sei —, claro que eu sabia, não preciso que ninguém me diga, que ela tomava banho: claro que eu sabia que ela trocava de roupa; claro, eu sabia que ela tinha sexo, normal, um sexo como o de qualquer outra pessoa. Eu sabia, tudo isso eu sabia. Sabia, sim. Está bem, está bem, eu sabia. Sem tormentos, sem torturas, eu sabia. Eu sei, eu sabia. Não precisa ficar me incomodando tanto, estou quieto, tão quieto, tudo bem. Eu queria que fosse uma coisa ingênua, intuitiva, infantil, sem nudez, sem nenhum tipo de nudez, sem uma verdadeira nudez. Concordo. Uma nudez só dela — ali uma nudez de pluma, uma nudez de santa, uma nudez de anjo. Meu Deus, eu sabia.

Um cigarro agora me ajudaria tanto.

Não queria mais pensar. Agora eu não queria mais pensar, bastava dormir. E o sono não chegava. Não queria mais chorar. E chorava. E não morria, queria morrer — ele queria morrer, eu queria. Naquele momento eu me convenci: o alguém que me desesperava era Dolores. Para me castigar. Para me torturar. Para me atingir. Como era que um filho entrava no banheiro para ver a mãe no chuveiro? Eu queria ver as duas de novo. As duas juntas. Abraçadas. Ela sabia me castigar. Conhecia muito bem meus sentimentos.

Comecei a gemer porque a solidariedade só provoca mesmo é sorriso. O ferimento do prego na barriga doía muito. Doía demais. O que é que não dói na vida, meu Deus? Não queria fazer curativo. Não ia sair do quarto para buscar álcool, mercúrio cromo, gaze. Apenas joguei álcool naquilo que me pareceu um furo ardente. E fiquei pensando no que devia fazer. Preciso fazer alguma coisa. O que é que significa fazer alguma coisa?

— Vou curar meu ferimento e vou matar as duas.

Quando essas palavras chegaram assim na minha cabeça tomei um susto. Eu nunca havia pensado. Eu não queria ter pensado. Nunca sentira a sombria vontade de matar. E eu estava ali deitado na cama, o ferimento doendo.

— Vou matar as duas.

Não é justo pensar numa frase dessa. De maneira alguma. Ninguém pode pensar numa coisa assim, numa frase que tem agonia, pulso e dor, com a simplicidade de um palmo de grama. E se eu pensasse estava entortando meu pensamento, e disse a mim mesmo:

— Preciso curar meu ferimento.

Talvez fosse preferível ir logo à cozinha para fazer limpeza, esquentar água para compressa, passar água oxigenada e mercúrio cromo para aliviar. Ninguém pode pensar sem ter certeza de estar cortando o vento com agulha de sangue. Não se deve cobrir ferimento com gaze. Foi o que eu quis. Não devia pensar de maneira alguma. Dei uma ordem aos meus pensamentos: não pensem. Podia até mesmo acrescentar: por favor. Mas por favor fica leve demais, por demais. Meus pensamentos podiam pensar que eu estava dizendo que eles podiam parar de pensar se quisessem. E não era. Não era se eles quisessem. Querendo ou não, tinham de parar de pensar. Não era apenas por favor. Era uma ordem mesmo. Parem. E pronto. Está dito.

Naquele instante o que eu queria mesmo era ter a força de minha mãe, não pensar e não pensava. Quer dizer, imaginava que Dolores não pensava. Ela treinara o pensamento para não pensar. Devia ter sido assim. Sentada na cadeira, os olhos no mundo, o copo de uísque na mão, e o pensamento parado. Tem gente que faz assim, sabia? Tem gente pra tudo, não dizem? Pois é, eu agora só queria parar de pensar. Um inútil no mundo.

10. As revolutas do pensamento

Toda mãe fica nua, eu sei. Toda mãe tem seu jeito de ficar nua, compreendo. Toda mãe tira a roupa, sem dúvida. E o que seria, seria a nudez de minha mãe — daquela mãe que estava deitada no quarto, dormindo? E também era o alguém que estava me seduzindo dessa forma tão penosa, eu me perguntava como era que eu havia dado ordem para meu pensamento não pensar e ele continuava pensando? Só podia ter sido artimanha dela. Mãe gosta de contrariar. Com certeza ela dissera a meu pensamento, na contraordem — pensa, pensamento, pensa. E o pensamento que era meu, obedecia não a mim, mas a ela, com o maior descaramento.

Pois foi obedecendo a uma ordem dela que saí direto para o quarto, o ferimento doía. Todos estavam ali, menos eu. Passei pelo corredor sem fazer ruídos, porque fora decidido que não faria ruídos. Tinham medo que Biba acordasse. Os pensamentos empurraram a porta, cujas dobradiças gemeram e silenciaram. Entenderam por que aquilo estava acontecendo daquela forma. Igual estivesse acordado e pensava que estava sonhando. Dormia e se imaginava acordado. E então seguiu o movimento dos pés. Andou.

Deitada, barriga para cima, a cabeça repousada no travesseiro, os braços soltos, as mãos no lençol, a camisola branca. Assim igual a uma fotografia de gente morta. Os olhos fechados. Dormia. Olhava, é possível, por baixo dos cílios, traço comum nesses alguéns que atormentam a vida. Se ela me enfrentava, me enfrentava e me seduzia, por que eu também não era capaz de atormentá-la e seduzi-la? Há também pessoas que não fecham os olhos direito, ficam num espaço entre os cílios e as sombras, navegam na penumbra. Nunca observara isso nela. Aliás, nunca observara nada, a não ser que não pensa, nunca pensa. E sempre disputou comigo, não queria que eu parasse de pensar, para ser igual a ela.

Suava. Imaginei que o alguém que me enfrentava e me seduzia naquele instante não era só Dolores, era também Biba. As duas duelavam. Então estava direito levar meus pensamentos ao quarto somente para ver minha mãe nua? Não, não era isso. Não, não isso apenas. Por algum motivo que jamais pude compreender, a menina queria se vingar. De quê, não sei. Creio que reclamava porque aceitara as ordens de minha mãe sem reclamação. Ingenuidade de menina pensar numa coisa dessa. Ela mesma fez o que fez, e sem um ai de reclamação. Cumpriu, obedeceu. Não precisava se vingar de mim. E se vingar da maneira mais cruel, expondo-me à nudez de Dolores. Ninguém fica impune à nudez dos outros. Sobretudo se o outro é a mãe. Tinha que ser coisa de Biba mesmo, implicante, vingativa. Eu nunca vi uma pessoa tão boba, meu Deus. Tão boba.

Decidi sair do quarto, decepcionado. Não fora uma aventura maravilhosa observar minha mãe. Não fora. Uma mulher igual a qualquer outra, com a natural desvantagem de ter peitos, cintura e coxas sem nenhum esplendor. Achei que a fraqueza era minha. Essa fraqueza de não sentir a mínima reação diante daquela mulher. Fiquei pensando que não fora macho suficiente. E ela estava apenas com a camisola. Algum tipo de fraqueza me atacara? Ou era comum essa fraqueza de filho olhando a mãe? Chatice, absurdo. Tolice.

Estive equivocado, Biba não quis se vingar, fora enganado até nisso, queria mesmo que eu fosse ao quarto para vê-la na outra cama, para que eu me atormentasse com a sua luz, a sua ternura, o seu encanto. Eu nem olhei para ela. Esqueci. Não pude vê-la.

As pessoas sempre me enganam.

Voltei ao corredor, ao meu quarto. Os pensamentos voltaram. Alguém tinha feito aquilo comigo para me derrotar, apenas para me derrotar. Suspeitei a verdade: elas tinham me conduzido ao quarto para me mostrar que nada demais acontecia, na nossa casa de Arcassanta as coisas eram comuns, havia uma menina que dormia no quarto da avó e havia uma avó que não gostava de pensar, sem nada de extraordinário, para que eu não sofresse, não me preocupasse, me acalmasse. Exultei de felicidade. Tirei o saxofone da caixa, improvisei. Flutuava no suor e na alegria.

E flutuava na certeza de que Dolores, naquele momento, já devia estar acordada, preparava sozinha o café da manhã, estranhava a ausência da neta, talvez. Não era sempre, um tanto de mistério acrescido ao seu caráter, mas ela gostava desse requinte: preparar o café. Um café quente, grosso, aromático, a água fervia na chaleira. Noutra vasilha, cuscuz com manteiga e queijo de coalho. Um pouco de mel que escorria lento e vigoroso no cuscuz fumegante. Ou no queijo. Ovos e pães. Habilidade de dedos teciam maravilhas e de comida se derretendo na boca. A delicada arte de aperfeiçoar segredos.

Biba também preparava a refeição, não sempre, acordava tarde, quase. Andava de um lado para outro, trazia os pratos, poucos, xícaras, pires, talheres. Transformara-se numa espécie de empregada doméstica, aquela que paga o pão com o suor e não pode ser santificada porque ama o patrão acima da carne e do sangue.

Demonstrei que conhecia o fingimento das duas. Só queria isso, que elas soubessem que o palhaço descobrira a trama. Só isso. Eu só não podia fazer nada, não podia. Avó e neta, para sempre. Se alguma coisa especial acontecia passava apenas pela minha cabeça. Não de verdade, não. Não invento, não exagero. Foram os meus olhos que viram e os meus olhos não mentem. Uma coisa: alguém mexe com a cabeça da gente, muda um assunto ou outro, altera o rumo dos pensamentos, até aí tudo bem. Não inventa cenas, não ordena, não comanda. Nunca comanda nada. Não diz faça isso, faça aquilo. Faço o que me dá vontade, apenas.

— Não vou matar alguém só porque alguém manda.

Esteja certo que não. Quando faço alguma coisa é porque pretendo e desejo, não adianta mudar meus pensamentos, elas pensam uma coisa, eu faço outra. Estou convencido do que quero. Calculo, examino, estudo. Tudo de acordo com o meu de acordo. Não tem nada a ver com meus pensamentos. Minhas ações não têm nada comigo. Digo logo, sai daqui.

— Meus pensamentos são uma coisa e eu sou outra.

Naquele remoto amanhecer, e que é agora, em que descobri o corpo da menina boiando nas águas do rio, tive vontade imediata de mergulhar para salvá-la dos peixes imundos e entregá-la aos peixes dourados. Meus pensamentos me jogaram para outra reflexão: e se ela estiver brincando, apenas brincando? Quer dizer, com o surgimento de um novo pensamento, as minhas preocupações tiveram que ser adiadas. Tinha que tomar precauções. Pensei e não agi. Isso causa desgosto. Eu queria uma coisa e meus pensamentos outra. É nesse sentido que eu penso que meus pensamentos não são meus. Sem complicações. Simples. Assim tenho vontade de fumar, não fumo. Minha vontade para lá e eu para cá. Somos dois. Minha vontade era deixar Biba ali e ir para casa, descansar, tomar banho, sair um pouco, desparecer. Essa a minha vontade.

Aí meus pensamentos me contrariam.

Fui em casa buscar as roupas da menina que continuava nua. Não era justo deixá-la daquela maneira, um despudor. O dia estava crescendo e as pessoas sem dúvida iam começar a aparecer. Não era muita gente, nunca era muita gente, alguns meninos na pescaria ou mijando nas águas, cagando nas águas para matar peixes dourados e gente humana. Ou viriam as lavadeiras. Tem diminuído o número de mulheres lavando roupas — as pessoas estão ficando muito pobres, nem mudam de camisa, para economizar. Elas se concentram na curva do rio, lá embaixo, no caminho de quem vem da Caxangá. Por aqui são quase nada. Poucas. Cantam, gritam, gargalham. Essas mulheres sabem trabalhar e se divertir.

Ao invés do que pensava, Dolores não estava na cozinha. Uma pena, porque seria ótimo tomar logo o café. Procurei não fazer ruídos, ela talvez quisesse dormir um pouco mais, não costumava permanecer muito tempo na cama, mesmo depois que o galo cantava, tinha aquele jeito de viver, só aparecia na cozinha depois do banho, arrumava o café, pedia ajuda a Biba, as duas se entendiam. Pareciam uma pessoa só.

As mulheres têm uma tal intimidade na casa que causa inveja.

Por causa do calor, tão intenso calor, pensei em pegar apenas bustiê e bermuda, coisa sofrível, sempre do agrado da minha irmã, ela andava sempre com as carnes acesas e lisas, causando incômodo na alma. Passava os dias — corria na rua, fazia pequenas e rápidas compras, lavava louça, limpava os móveis, minha mãe gostava de tudo limpo e arrumado. Banhava-se no rio daquele jeito, mergulhava, mostrava coxas e barriga, bunda, quase sempre o peito pulava fora. Ela nem prestava atenção. Os meninos subiam nas árvores. E todos se masturbavam.

— Bela bundinha, Biba.

Diziam, diziam e aquilo me dava raiva, muita raiva. Atirava pedras, pedaços de pau, terra molhada. Gritava não faça isso, Biba, não faça uma coisa dessas. Aquela puta se mostrando. A polícia veio uma vez me prender só por causa disso. Fiquei arretado, joguei pedras também nos soldados, eles me deram tapa na cara, cuspiram no meu rosto e ela ali se divertindo, filha da puta.

E aí eu me vingava, me coçava também e dizia bela bundinha Biba, repetia, escandalizava. Sempre me vinguei dela me coçando. Homem se vinga de mulher é na coceira. Uma tal vingança que me deixava suado. Naquela noite esqueci de me coçar, embora precisasse tanto. Só vingança, vingança, vingança e mais nada. Feito dizem no bolero que aprendi a tocar desde cedo num cabaré da zona do Recife.

Por que naquela noite não me coçara?

11. As roupas da menina morta

Me lembrei que uma roupa daquela — bustiê e bermuda — seria na verdade um desrespeito, uma ofensa à dignidade da morta, embora tenham me dito que o corpo morto não é nada. Coisa, pura coisa. Sem alma, quem morre não tem mais alma, o corpo é coisa alguma, coisa nenhuma. Mesmo assim abri o guarda roupa, encontrei um vestido longo, branco, com mangas e cinto azuis, babados desciam no busto. Optei por ele, voltei atrás, não, as pessoas iam perceber que acontecia algo anormal, se é que se pode chamar a morte de anormal. Escolhi duas peças: uma blusa amarela sem mangas, apenas um escudo esportivo preto e vermelho do lado direito, e uma saia imensa, dessas que as ciganas usam. E sandálias.

O silêncio me assustava.

Não era igual ao silêncio do casarão da Chora Menino — depois de um acordo retardado com o padre Vieira, o maestro, meu sax se espraiava nos corredores, reverberava, grudava-se nos lençóis, afastava a poeira e a luz das cadeiras de palhinha, acomodava-se na espreguiçadeira, na louça antiga, nos vitrais do primeiro andar. Recebera licença para tocar, desde que baixo, muito baixo. Baixíssimo.

Nem igual ao silêncio da morada de tia Guilhermina, que cantava com os cabelos escorrendo nos ombros, os olhos pintados, e onde os pássaros marcavam as horas. Disputavam solidão com os grilos e as cigarras. Todos os dias. Invariável.

Os cantos solitários da casa sempre me inquietam. São abismos que nos empreitam nas salas, quartos, corredores, dando a impressão de que iremos naufragar numa fenda de choros, lamentos e gemidos, de soluços que se repartem e se desdobram. Paredes que evocam lembranças e sinais de pranto. Os ruídos de um móvel carregado da sala para o quarto pelas escadas, cadeiras deslocadas de um lado a outro. Um morto no caixão. Lugares que não se rendem ao escuro e que nunca ficam claros, manifestam a morte lenta, morte de marcha fúnebre se adensando na solidão. A noite mata toda esperança.

Ria de mim mesmo enquanto caminhava pela vereda aberta no mato raso, descalço. Não sofro com espinhos, cactos e pedras, estou acostumado. Desde muito cedo ando por esses ermos. Não me incomoda. Sofro com a falta de cigarros, aqueles imensos e elegantes, que as pessoas exibem nos bares, clubes e cabarés. Com piteira. Cigarro bom tem que ter piteira. Para exibição. Para pura e depravada exibição. De preferência, depois de uma boa cachaça. Deve ser um prazer vestir-se de branco, chapéu-panamá, tomar cachaça e depois fumar.

Imaginei o que as pessoas diriam me vendo, de longe, com as roupas nas mãos e andando pela vereda, depois que abri a porta do terreiro. Acho que pensariam Matheus vai lavar roupa no rio, menino correto, boa pessoa, bom filho, bom irmão, bom vizinho, boa gente. Isso me irrita muito. Não sei se me irrito, não. O que não gosto é desse negócio de bom pra lá, bom pra cá. Matheus, deixa de ser idiota, Matheus. Comportamento de anjo na procissão, coisa mais besta. Estúpido. Não vale a pena nem existir, quem quer existir tem que tomar partido sem ser bom. Gente boa não toma partido em nada, sem dúvida. Pode apostar.

Deve ser esquisito uma pessoa vendo outra pessoa assim feito eu andando, manhã cedo, com as roupas da irmã nas mãos, caminhando em direção ao rio. Por que é que ele vai lavar roupa assim tão cedo, Biba estaria doente? Elas são demais curiosas. Por que não vêm falar comigo, procuraram saber o que acontecia, seria febre ou tosse?, ajudavam. Não ajudam. Pensam, só pensam, nunca ajudam. São incapazes de perguntar:

— Posso fazer alguma coisa?

Os olhos brilham nas janelas, atrás das portas e nos buracos das fechaduras. O coração batendo na boca. Não gosto dessa gente, não gosto de gente de lugar algum, não gosto de ninguém, nunca gosto de gente humana — gente humana fede, come peixe podre, e fede, bebe água imunda, e fede, mastiga fruto podre, e fede, fede porque a podridão sai no sangue e no suor, fede. Tenho minhas conveniências. É conveniente gostar de Dolores? Então gosto. É conveniente gostar de Biba? Então gosto. Se é conveniente não gostar de mim, detesto-me. Quando posso, não gosto nem de mim, para não ficar perdendo tempo comigo, para evitar que outra pessoa venha a gostar de mim e tome meu lugar. Eu não posso perder meu lugar em mim mesmo.

Por que teriam de pensar: ali vai ele lavar a roupa de Biba. Não entendo essa curiosidade. Às vezes entendo. Preciso confessar minha fraqueza: entendo e gosto. Gostar não é fraqueza, não me sinto mais fraco só porque gosto. Devo me explicar melhor. O problema é que as pessoas não precisam saber que eu gosto. Pode não ser sempre, mas gostar faz parte de mim. Gosto de ajudar meu semelhante. Agora meu semelhante mais próximo é Biba e morreu. Talvez ninguém estivesse me olhando. O que a gente deve fazer é não se impressionar com os olhos estranhos.

Então ficavam pensando que as roupas eram de Biba? Não têm esse direito, não deviam fazer isso, não podiam se meter na vida dos outros. Ninguém estava tão perto de mim que pudesse distinguir se era roupa minha, de Dolores ou da menina. Isso é que me irrita. Vou aqui pela veredas e me olham. Podia ser apenas cobertores, toalhas, tapetes, coisas. Fronhas ou colchas. Estopas de chão. Ou as calcinhas de tia Guilhermina, pequenas e apertadas.

Um homem sai de casa de manhã cedo com roupas para lavar e as pessoas pensam logo que ele vai fazer isso porque brigou com Biba. Quem está falando? Como chegou a essa conclusão? Fiquei magoado. Magoado com o mundo estou sempre, desde que deixei tia Guilhermina para morar com Dolores, minha mãe. Na mágoa a gente tem solidão na alma e vontade de beijar, de trocar carinho, de afagar. Está disposto ao perdão — já perdoa muito antes da mágoa. Perdoa de véspera. Porque quando a gente ama mesmo perdoa de véspera.

Continuei andando pela vereda, achava estranho que as pessoas incomodassem minha vida, atormentassem a mágoa que eu sentia. Elas ficam cheias de suspeitas, não são iguais a mim que logo de manhã cedo largo a cama para lavar as roupas de Biba. Deviam pensar que somos bons irmãos, tão bons que posso sair de casa de manhã, ainda nem tomei café, com vontade de fumar, embora eu não seja viciado — viciado, não, nem sequer fumo, nunca fumo, às vezes —, o que não significa que eu não possa fumar na hora que quiser, ninguém tem nada a ver com isso, saí cedo de casa por amor a minha irmã — ninguém tem mais amor a ela do que eu, nem mesmo Dolores que morria de ciúmes, somente porque ela tinha um corpo bonito, corpo de alegria e susto, as curvas sempre com uma surpresa, um gemido de amor, um soluço de gozo, um lamento de prazer.

Ao chegar no rio, ali nas pedras onde as mulheres lavam roupa, arrumei tudo direito, cheguei a cantar. Acho que cantei uma coisa que vem assim chegando e que a gente não sabe bem o que é, nem pergunta. Joguei água nos panos, não encontrei sabão. Queria que ela se sentisse amada, vendo que o irmão dela era capaz de ficar feliz a ponto de cantar e lavar roupa, só para que a irmã não ficasse triste. Mas confesso que não sabia o motivo da lavagem. Talvez Biba quisesse ir ao cinema à noite. Dolores estava dormindo, não podia trabalhar. E as pessoas que espiavam pensavam assim. Eu não, eu sabia que ela estava morta, não ia ao cinema.

O problema é que enquanto eu vinha para o rio, e caminhava tranquilo pela vereda, fui interceptado por essas pessoas que começaram a pensar por mim e achavam que eu ia lavar roupa. É o que acontece quando pensam no lugar da gente, ninguém devia interferir. Não me atacavam e eu faria apenas o que tinha decidido desde cedo. Elas são esses alguéns que mexem com a gente na hora errada. E a gente não tem outro jeito senão cumprir. Não está certo. Isso não se faz.

Me causa uma revolta.

Eu teria de respeitar o pensamento dos outros. O que é que eu posso fazer? Decidi lavar as roupas. Podia ser que estivessem certas, Biba gostaria mesmo de ir ao cinema, embora não fosse seu hábito.Está certo que eu não me obedeça, afinal devo obedecer a alguém, senão fico louco. E depois que a loucura chega, meu filho, nunca mais vai embora.

Esqueci o sabão.

Deixei tudo ali e voltei para casa. Apanhei a caixa no armário. Dolores devia estar dormindo. Não tossia, não pigarreava, não arrastava as sandálias. Tive a impressão de ver no espelho o sorriso de tia Guilhermina. Eu gostava do sorriso dela — meigo, terno, leve. Tenho tanta saudade. Ela cantava, cantava bolero e samba-canção. Tango e mambo. Se divertia feito estivesse num palco de cabaré. A cozinha permanecia intocável. Talvez eu pudesse retornar mais tarde para fazer o café. Pão torrado, ovos, queijo. Cuscuz era com ela, eu não sabia, não sei. Tia Guilhermina faz uma falta. Ela e Biba.

Retornei ao rio.

Não é que eu não soubesse que ela estava morta. Até porque encontrei o corpo e o amarrei no tronco da árvore. Isso eu sabia: a roupa era para vesti-la. Tudo bem, nada demais. Ocorre que os outros pensamentos me alertaram para o desejo dela de ir ao cinema. Até aquele momento eu desconhecia o desejo dela. Interpretava como imaginação dos pensamentos. Ou brincadeira. Desejo a gente não contraria. Fiquei magoado, mais uma vez. Biba não podia fazer aquilo comigo. Manifestar o desejo aos pensamentos e me deixar de fora.

Devia desobedecer. Encarar o problema. Se você está morta então se aquiete que hoje não é dia de ir ao cinema. Nem querendo pode. E pronto. E a questão não tem nada a ver com o alguém. É outra coisa muito diferente, embora parecida. Preciso de sutileza para conferir o que acontece.

Fiz o que devia fazer — lavei a blusa, depois a saia, coloquei-as no secadouro.

A blusa tinha sujeiras e defeitos. O corte na altura do escudo preto e vermelho, a tentativa de atingi-la no coração com a tesoura. A blusa, amassada, o botão arrancado. Manchas de sangue na saia, pequenas marcas salpicadas. Rolara no capim, sacudira as pernas. Segura nos ombros, indefesa. O golpe de braço no pescoço. Estrangulada. Revira os olhos.

Suspirou.

12. A BELEZA RESIGNADA

Enquanto descansava, peguei um pedaço de galho seco, comecei a fumar. Uma vontade quase incontrolável. Depois do último trago, apaguei. Deixar cigarro aceso pode provocar incêndio. É preciso tomar muito cuidado, muito cuidado, mesmo. Comecei então a rir, um riso puxado a gargalhada, zombeteiro, como é que um pedaço de pau pode causar incêndio, Matheus? Deixa de ser bobo, Matheus, idiota? Era preciso apagar mesmo, já vi muitos descuidos provocar danos. Sobretudo aqui, onde o calor é muito forte e o mato seco, muito seco.

O rio joga o vento, o cigarro está aceso, o mato pega fogo, desgraça. As pessoas corriam, juntava gente, jogam água no rio. Isso não presta, isso não presta. Não quero ver os bombeiros apagando o fogo causado por mim, porque estou certo de que vão me dizer logo que fui eu quem provocou o incêndio. Não teve cuidado, irresponsável, deixou o cigarro aceso, o vento apareceu, podia ter tido mais atenção. Era notícia de jornal e a polícia abrindo inquérito. Assim é melhor.

Além do mais, o fogo ia queimar o corpo de Biba. Não, não, isso não pode acontecer, o corpo é intocável, eu não ia me perdoar nunca. Uma lindeza daquela não se ofende por nada nesse mundo. Não se bate nem com uma flor, feito Capiba de chapéu de sol aberto pulando o frevo no meio do redemoinho. E com uma tesourada bem no meio do peito? Ou uma facada, coisa pouca, insignificante, que produz um fiapo de sangue escorrendo pela barriga. Um tiro, quem sabe? Um tiro pode? Vamos ver, assim: um tiro bobo, fraco, um vinte e dois sem qualidades, ainda vá lá, um tiro é bom, basta um tiro e ela caía com a boca aberta, rindo, lindos dentes. Um murro — um murro, não, o murro desmoraliza, causa dor e não mata, desmoraliza. É melhor matar. A levar um murro e não reagir é melhor matar. Ou morrer. Claro. Ninguém pode ser desmoralizado.

Está bem — Dolores sentira ciúmes, perdera o controle, batera em Biba — detesto saber disso, detesto muito, detesto demais, no entanto — e apesar de tudo — Dolores era a mãe, não exatamente a mãe gentil, a avó, a avó da menina e, com licença da injustiça humana, podia bater nela. Não devia. Mas batia. Mãe sempre bate. E se mãe bate, irmão — que eu nem sou irmão mesmo, irmão de verdade — pode bater também. Sem violência. Ela sangrara. Havia sinais de sangue na roupa. E não era pouco. Pouco sangue, não. Sangue bastante. Apanhara de chicote. Ou de cinturão. Por que Dolores fizera aquilo? O importante era que o fogo não queimasse a menina. No meu juízo, o que causava preocupação era que alguém chegasse imaginando:

Ele está ficando louco.

Eu corria o risco de ficar doido mesmo. Porque podia acontecer o que pensara antes que as pessoas estavam pensando que eu ia lavar a roupa de Biba e na verdade ia vesti-la. Terminei lavando para obedecer, afinal ela queria ir ao cinema. O que eu ia fazer? Chega uma pessoa aqui pensando que eu sou doido, aí eu vou ter de ficar doido mesmo. Tem muita gente no mundo que é doida só porque os outros querem. Mas não é doido coisa alguma. Se comporta feito doido, arruma umas maneiras de doido, se veste feito doido — só para ser amado: sapateia na calçada, bate palmas com o nariz, gesticula com os cabelos, fala com as orelhas, o que é que eu vou fazer? E ainda tem médico que passa atestado. Só tem uma saída: ficar louco. Não vai decepcionar os outros, vai?

Está certo, eu sempre quis ser doido. A loucura é uma proteção muito boa, espacial, ajuda a suportar a dor nos ombros, ajuda a suportar o corpo, ajuda a suportar a alma. Tem que ser uma loucura consentida, que me permita a mim mesmo, não pode ser uma loucura qualquer — inventada, imposta, conduzida. Só porque os outros pensam que eu sou doido aí eu tenho que tenho que ser doido. Assim também é demais, também.

Tratei de evitar.

Percebi que a roupa ia demorar muito a secar e que o sol subia, outras pessoas iam aparecer, precisava tomar cuidados. Antes que um aventureiro ordenasse minha loucura para ficar com Biba providenciei ajeitar a menina.

Dobrei as calças até o meio das pernas, entrei no rio, mistura de lama e areia, os pés afundando, exigiam esforço, obrigavam-me a procurar ajuda onde não havia: água não tem cabelo. Atolavam, desequilibravam, atolando, os pés escapariam fácil e voltavam com dificuldade, o que me levou a considerar que a morte me espreitava também. Até alcançar o corpo. Puxei-a pela corda até as margens e sentia-a encostada no tronco da árvore. Agora podia ficar ali sem muitas preocupações. Esperava pela minha iniciativa. E nua. Até que as roupas secassem, teria de permanecer nua, não ia vesti-la assim molhada com medo de um resfriado forte, bronquite, pneumonia. Ela nunca foi muito forte. Teve na infância algum problema de pulmão, curado com leite e mastruz fervendo numa panela. Minha mãe me ensinou. Eu fazia aquela espécie de chá todos os dias. Há quem prefira lambedor. Com um pouco de mel. Dava muito trabalho.

Na verdade, nenhum.

Bastava colocar tudo para ferver. Primeiro o leite, depois o mastruz, aquela planta verde, aromática. O problema era acender o fogo, porque as brasas demoravam a queimar. A menina ficava sentada na cama, as pernas cruzadas, enquanto bebia o chá. Chá, não, remédio. Só por vingança — porque o gosto era horrível — fingia, estou certo, um grande prazer. As pequenas mãos envolviam o pano em volta da vasilha. Lembrava menina de retrato: vestido longo, fechado na gola, mangas compridas, fita azul envolvendo a cintura, por causa da febre. Às vezes Dolores ainda cobria-a com o xale. Um clássico com a face rósea de anjo, saias cobrindo as pernas, causava calafrio o pezinho aparecendo. E o sorriso? Sorriso irônico de superioridade. Parecia ter aquela mesma dignidade de minha mãe tomando água — já disse, ela era perita em tomar água.

Morta. E ainda linda. O corpo de alegria e dor.

Há nesse tipo de gente uma espécie de resignação à beleza. Não se pode evitar. Destino cruzado, rendição, apelo. A única forma de viver é se entregando ao destino da beleza. E pronto. Não se pode dizer: recuso a beleza. Ainda que caiam os cabelos, as orelhas, o nariz. E os olhos fechem — para sempre fechem. Os lindos olhos de Biba. Rejeita a contemplação. Repele o admirador. Insulta o apaixonado. Essas coisas não se evitam. Meninas assim, parece, já nascem mortas. A beleza é uma fatalidade. Força de punhal sangrento, ímpeto de bala zunindo, barulho de tiroteio. Tem gosto de sangue, meu Deus.

Corpos assim devem ser amados violentamente, admirados violentamente, amados violentamente.

A atração sebosa da violência. A atração trágica da violência. A atração dramática da violência.

De qualquer forma, amados violentamente com ternura.

Nunca me imaginei violentando alguém, mesmo esse alguém de beleza esplendorosa. O que incomoda, incomoda com exagero. Já me peguei olhando o corpo de Biba que tomava banho no rio. Porque são duas coisas diferentes: o corpo e Biba. Biba é minha irmã, o corpo não. Avistei-a emocionado a distância, o frio na boca do estômago. A respiração parava no meio do peito, os pulmões doíam, o sangue estancando nas veias. O corpo dela tinha muitas belezas. O meu, não. O meu não tem beleza nem gosto algum. O problema é que não preciso ter beleza. Não é questão de beleza. É de adaptação.

Nunca me adaptei a meu corpo.

O que estou fazendo aqui com esse corpo, o meu corpo? Podia ter outro corpo, sempre adaptável às circunstâncias. Magro, de acordo com os magros; gordo, nas circunstâncias dos gordos; musculoso, nos momentos dos musculosos. Difícil é carregar um corpo de que a gente não gosta nem se adapta. O que não deve ter sido um problema para ela. Nunca a ouvi dizer: coxa fique feia, e a coxa ficar feia. Nem nunca disse peitinho fique mole e o peitinho ficou mole. Tinha metamorfoses porque era magra, gorda ou musculosa, conforme as necessidades. Várias num só corpo. E em todas numa insultante beleza.

Às vezes me surpreendo: por que tenho um corpo? E se não tivesse um corpo seria eu? Tenho um corpo só para morrer. Grande merda. Devia viver sem corpo. Inutilidade.

Dolores, não. Dolores não devia gostar do corpo dela porque se banhava demais. O tempo todo. A todo instante estava tomando banho ou lavando o cabelo. Gastava quase um sabonete por dia. Reclamava do calor. E dizia sempre que estava imunda por causa do calor — cruel, forte, violento. Enchia a bacia d'água, ia para o terraço, lavava o cabelo com muito cuidado, uma toalha branca felpuda nos ombros para não se molhar toda. Não parava. E só vestia roupa bem limpa. Muitas vezes lavei e engomei vestidos, blusas, saias. As roupas íntimas, não. As roupas íntimas eram cuidadas apenas por ela.

Agrada-me passar bom tempo no banheiro, embora o caminho do quarto até lá seja sempre áspero e íngreme. Em quinze minutos saio do chuveiro, enxugo-me, me sento na cadeira de balanço do terraço para ver Biba, uma moça, a correr com os meninos, saltando cercas e cancelas, pulava na pradaria, subia nas árvores. Ela não tinha apenas um corpo e parecia feliz quando eles gritam:

— Bela bundinha Biba.

As carnes formando morros salientes, bem salientes, subindo e descendo, deslizando na planura da pele, pulsante de vida e sangue, amparando e guardando delícias, a ânsia negra e funda, a estrela da vida.

Agora, meu corpo não é meu, minha alma não é minha, meus pensamentos não são meus. O que é que estou fazendo no mundo? Me diga mesmo? Só penso em me livrar de tudo. Mas se me livro do corpo, e me livro da alma, e me livro dos meus pensamentos, como é que eu fico? Já pensei nisso também. Não encontro solução. Acho que na igreja ouvi o padre Vieira dizer algo que me entusiasmou: o meu corpo é de Deus, minha alma é de Deus, meus pensamentos são de Deus. Então assim fica melhor. Já que não me pertencem, não são meus. São cinza. Semelhante a Biba, que agora vai se transformar em cinza. Padre Vieira dizia, naquele tom de voz que inquietava e fazia tremer:

— Tu és pó e ao pó voltarás.

Antes de me tornar cinza, posso fazer a mudança? Mudo de corpo, mudo de alma, mudo de pensamentos. Porque é impossível continuar assim, carregando o que não é meu. Eu não sou eu. Me atormenta a saudade de mim. Claro, posso ter saudades do meu corpo — não, acho que não; dos meus pensamentos — desses eu não lamento, estão contaminados pelos outros.; a minha alma — carreguei-a até aqui, desde a infância, como é que vai ser agora?

Sinto falta da nostalgia de minha alma.

13. Fumava formiga com piteira

E se Dolores tivesse matado Biba?

Deixa de ser idiota, Matheus. Deixe de ser bobo, essas coisas não acontecem na nossa família, nunca acontecem, basta olhar o passado, o amor dela pela menina evitaria qualquer tragédia. Tragédia? Besteira. Matar filha é tragédia? Ela não é filha, não, é neta. Tanto faz. Concordo que às vezes o amor é trágico, com certeza, nem discuto, é assim. Só às vezes. No mais, amor é festa. Mesmo debaixo de bala e facada.

Tenho medo de viver, tenho medo de estar vivo, tenho medo. Vivo com essa sensação de que alguma coisa informe, informe e inquieta, está ali à espreita, prepara o golpe, é cruel demais. A barriga fica vazia, os pulmões se fecham, o frio escorre na coluna. As mãos geladas. Então ela se aproxima, está sempre chegando — a maltratar e a ofender —, ameaçando. A mágoa se instala no peito. Tenho medo por causa dela. É a mágoa — essa coisa informe, informe e profunda — que balança meu corpo, a sensação de que estou sendo estrangulado, a terra fugindo dos pés. Os homens são sempre escarnecidos, humilhados.

Estou com medo.

As pessoas pensam que eu brinco. Gargalham. Mas falo a verdade mesmo. Brinco com as formigas, com o mato, com os meus pensamentos. As pessoas me olham de longe, eu brinco. A gargalhada é um tremor de susto. E somente eu sei que estou com medo. Ninguém sabe — porque não deixo perceber.

As pessoas não devem conhecer o meu medo. Às vezes fico pensando o que foi que causou esse medo em mim. Trancado em casa, protegido, imagino que as portas não vão se abrir nunca mais. Vou morrer trancado. Corro. Olho as portas, os cadeados, as fechaduras. Me dá vontade de beijar cada uma, agora imploro que abram. Façam isso por mim. Não é possível que as portas, os cadeados, as fechaduras tenham raiva de mim e resolvam me fazer medo. Alguma coisa de muito ruim aconteceu comigo.

Tenho certeza.

Só não posso dizer isso às pessoas senão elas vão pensar que eu sou doido. Tanto que eu queria enlouquecer, meu Deus, mas tenho medo. Tenho medo da loucura. Escarnecido nas ruas, cuspido nas calçadas, escarrado nos ermos do mundo. Insultado.

De uma coisa tenho certeza: um dia ela chega e se instala em mim. Porque será assim mesmo. Graças a Deus. É loucura pensar nisso? É não, não é loucura porque senão a loucura já estava em mim. Já dominava meus ossos e meu sangue. Corroía minha carne. Seria senhora da minha existência. Minha soturna senhora. Minha senhora — eu digo. E beijando-lhe as mãos, minha senhora, minha bela, terna e querida senhora, estou aqui. Estou aqui. Eu diria. E aí meu coração nunca jamais poderia ser tão feliz. Dormiria em paz. Eu nunca durmo em paz.

Infelizmente, por todas as sortes do mundo e por todas as desgraças do mundo, eu não sou louco. Eu sei.

Eu sei que Dolores batia em Biba. E tanto batia que as provas estavam ali na saia ensanguentada. Na blusa rasgada. Ela batia. E batia muito. Porque escolhi a roupa sem escolher. Peguei a roupa que me pareceu melhor para o enterro. Aí pensei, convicto:

— Uma tragédia na nossa casa. Dolores matou Biba.

E matar por amor é tragédia? Não, nada disso. Matar por amor não é tragédia. Matar por amor é amor. Matar a pessoa que a gente ama é enterrar a pessoa dentro da gente. Escondê-la no nosso segredo. No nosso segredo e no nosso mistério. No mais íntimo. Só isso. Não deixá-la por aí se oferecendo às feras. Se oferecendo, não. O amor da gente não se oferece. Sendo atacada pelas feras. Aí sim.

Biba talvez estivesse brincando.

Ela não morreu, está brincando. Ela brincando e eu acreditando. Não viu o problema do cigarro? Apaguei o galho para evitar incêndio. Não precisava apagar. De jeito nenhum. Até porque não havia fogo. Bastava não apagar.

Ele está procurando formigas.

Foi o que as pessoas pensaram quando me abaixei para apanhar o galho. Porque fiquei catando — um pouco aqui, um pouco ali, um pouco acolá — e deve ter sido engraçado quando comecei a fumar. Levaram um susto. Umas dizendo às outras:

— Matheus está fumando formigas.

Fiz pose de propósito. Biba brincando comigo, fingindo-se morta, e eu brincando com as pessoas, fumando formigas. Só fumava — cigarro longo e piteira. Cigarro, não, formiga. Acho bom que se confundam: não fica bem observar a vida dos outros. Onde estão? Nem sei. Por aqui não há casas, castelos, cancelas. Tudo muito longe e distante. Muito distante.

Uma coisa é certa — posso dizer com a maior convicção da minha alma: as pessoas gostam de mim. Adoram me olhar. Apaixonam-se por mim. E será que elas pensam que também não sou apaixonado por elas? Nem sabem que também fico olhando. Não exatamente as pessoas. Porque isso não é possível. Mas me exibindo aos olhos. E sabendo que estão ali: atrás das portas, escondidas nas janelas, espiando pelas fechaduras, nas venezianas.

Aí eu me exibo. E faço o que faço. Faço o que estão pensando de mim. Pensam que estou lavando as roupas de Biba para que possa ir ao cinema — aí eu lavo. Só para que não passem por mentirosas. Às vezes até eu acredito em mim. Faço com satisfação, alegria, felicidade. Para que as pessoas não se decepcionem. Para que acreditem em mim. Para que não digam mais tarde:

— Matheus quer enganar a gente.

Não, não quero enganar ninguém. No final do dia, quando se reúnem para examinar meu comportamento, devem concluir que trabalhei direito. Fui obediente. Ficam orgulhosas porque sou um cidadão respeitável. Equilibrado. Reto, sempre sou um sujeito reto. Mantenho minhas habilidades. Procuro a harmonia.

— Se as pessoas têm razão, por que vou contrariar as pessoas?

Quando estava procurando o galho para fumar, pensando que era cigarro, elas acreditavam a princípio que era formiga. Tudo bem — não era cigarro nem era formiga. E de repente pensaram que era cigarro e que era formiga. Tanto assim que me imaginaram fumando formigas. Fumando formiga e com piteira. Uma maravilha. Então não estava enganando ninguém. Eu nunca engano. Pode ocorrer algum equívoco, é verdade. Eu não estava fumando formiga com piteira. Eu não estava — posso garantir. Até pode ser que alguém fume formiga com piteira, eu não. Não sou doido para fazer uma coisa dessas.

É preciso harmonia em tudo que se faz. Equilíbrio e harmonia. Sendo assim, com a maior clareza, eu não ia enganar as pessoas me passando por fumador de formigas. Elas acreditavam e é justo que acreditassem. Na verdade, eu estava fumando um galho aceso para diminuir minha vontade de fumar cigarro. O que, em última análise, significava que eu estava fumando mesmo.

Tanto foi assim que precisei apagar o cigarro, evitando um possível incêndio no capim seco e ralo. Um possível, não, um verdadeiro incêndio. Certo, certo, certo. Se eu deixasse o cigarro aceso, haveria o incêndio e as pessoas iam se condenar porque imaginaram que eu estava fumando formiga com piteira e não me avisaram. Iam sofrer pelo resto da vida. Bastava me avisar:

— Matheus, ô Matheus, você está fumando formiga com piteira, rapaz.

Diante de tudo isso eu ria — para o sangue, para a alma. Mas ria. Um riso que se espraiava pelo meu corpo, lançando fogo nas entranhas. Sem deixar de obedecer a nosso código de honra. No entanto, era para mim mais do que um riso, parecia uma verdadeira gargalhada. Verdadeiras gargalhadas. Que eu procurava controlar encostado na árvore, fumando e fazendo pose de fumador. Vestido de branco, o chapéu-panamá na cabeça.

Vou vestir Biba porque as pessoas, sobretudo as lavadeiras e os meninos que cagam no rio, estão chegando e vão perguntar bobagem. Vão perguntar, assim no maior descaramento, e sem justificativa, só para me maltratar:

— Por que é que a menina está tomando banho nua?

E eu vou dizer o quê? Não tenho o que dizer mesmo, não. Ela ainda está sentada no tronco da árvore, os peitinhos macios, as coxas arranhadas, a cabeça arriada. Vou falar com Dolores — nunca mais faça isso com a menina, vou dizer, é assim que eu vou dizer, fazendo a cara mais braba do mundo, está entendendo, não está, Dolores?, vou levantar o dedo, assim enfiando na cara dela, e não fale, vou dizer, não fale, não quero ter o desprazer de ouvir a sua voz, está entendendo, não está, Dolores? Ela vai ouvir caladinha. Não vai dizer um ai de reclamação.

Comecei a vesti-la, achando que fora indigno porque não trouxera uma calcinha. Não se trata apenas de uma questão de higiene. Mulheres devem usar calcinhas e homens cuecas. Não por hábito, não por higiene. Sobretudo por pudor. Ninguém estranha uma mulher sem calcinha, dizendo que ela não toma cuidados com a saúde. Diz logo que é safada, que mulher mais safada. Não estava certo ela tomar banho com as coisas de fora. O que a princípio, digo logo em minha defesa, não foi decisão minha. Quando cheguei às margens do rio, pelo de manhã, ela já estava naquele comportamento reprovável. Morta, é verdade. Morta não quer dizer sem-vergonha. As pessoas tinham razão, ao amanhecer ela devia estar vestida. Talvez fosse bom ir em casa. A própria Biba podia reclamar. Ia dizer que não era puta, não era quenga, não era uma qualquer. Exigia respeito.

— Calma, Biba, também não é assim, minha filha.Isso não quer dizer nada, meu bem. Tem muita mulher que anda por aí sem calcinha.

Ela não disse mais nada. Ficou calada. Uma mágoa nos olhos, na face, nos lábios. Mágoa de criança, soluçando. Me incomodo muito com mágoa de gente. Nem pensar em mulher sofrendo. Dá um arrepio na coluna. De forma que é melhor evitar. Além do mais, mulher tem que ficar magoada mesmo. Que negócio mais chato esse de mulher que não se magoa. A pessoa não sabe, a alma pessoa às vezes nem desconfia, mas aí a mulher fica só carne e paixão. Vale a pena tocar nela.

Ela ficou zangada e doce. Cada vez mais doce. Tratei se vesti-la. Agora, meu Deus, o que as pessoas estavam pensando? Pela primeira vez parei abismado. Desse abismo que se funda na gente por um instante. Biba está morta. Ouvi de mim mesmo. Está morta. E comecei a sentir um desmaio, vontade de perguntar às pessoas:

— Se vocês estão vendo, por que não vêm me socorrer?

A saia estava molhada, não havia quase sangue. Depois ia conversar com Dolores. Até porque estava cada vez mais desconfiado que ela havia matado mesmo a menina. Não podia ter sido apenas de pancadas, devido ao golpe no coração. Depois do golpe, sem dúvida a estrangulara, justo para que não pudesse falar depois de morta. Para não contar a ninguém. Para não dizer quem a matou.

Uma perna subia, outra caía. A saia se sujava na terra e ficava cada vez mais pesada. Não poderia levá-la ao cinema com toda aquela sujeira. Ela podia ajudar, fazer alguma coisa, colaborar. Calma, Biba, calma, eu diria, não precisa se preocupar. Não adiantava, nada adiantava, inútil. Resolvi levantar as duas pernas com uma só mão e com a outra enfiei a saia. O problema é que os joelhos dobravam, dificultando qualquer movimento. Perdi a paciência.

— Pelo menos colabora, Biba.

E ameacei:

— Se você não ajudar, a gente não vai ao cinema.

Não gosto do silêncio. Não gosto do silêncio e da solidão. Sobretudo se o silêncio é dela. Todas as vezes que fica calada acho que vai reclamar. Por algum motivo, mas reclamando. Aquela reclamação de magoada que vai cavando uma dor bem grande na gente. Feito estivesse eu mesmo magoado comigo. Achava que errou por algum motivo. Errou e ofendeu as pessoas. Me inquieto muito quando as pessoas estão assim. Nesse afundamento da alma. Meu Deus, como é difícil.

14. Meus pensamentos nunca me obedecem

— Você matou a menina

Eu diria a Dolores, assim falando sem pressa, uma palavra depois da outra, e colocando muita tensão na frase. Quebrava as palavras com os dentes. Ela me olharia, sim, Dolores me olharia, pensando naquelas coisas dolorosas que as pessoas costumam pensar quando estão com raiva. E espantadas. Entre nós dois se estabeleceria um abismo de inquietação e angústia, sempre. Ela era assassina. Eu só queria saber o que um assassino pensa depois que enterra a faca e ela está suja de sangue. Minha mãe respondeu:

— Aquela filha da puta não merecia viver.

É assim que os assassinos pensam. Porque acho que ela disse assim e me encarou daquela forma. Porque não ficou na defensiva, não, não ficou. Ela me olhou firme, respondeu, se enclausurou no silêncio. Não que tivesse medo de mim. Isso nunca teve nem terá jamais. Uma mulher semelhante a ela não tem medo. Até porque é mesmo assassina. O que aconteceu com meu pai? Ele foi assassinado no quarto do casarão da praça Chora Menino quando meu irmão Jeremias estava iniciando a pregação.

Ela sentou seu Ernesto na cadeira e enfiou a espingarda na boca do homem. Depois foi só puxar o gatilho. O noticiário dizia que a polícia confirmou, a justiça condenou, eu acreditei. Acredito. Também matou Biba — eu estou aqui com medo.

* * *

Soube-se que Ernesto Cavalcanti do Rego passara dias trancado no quarto por causa de uma espécie de castigo que ela lhe impôs. Fizera alguma traquinagem ou ela imaginara. Nunca ficou muito claro. O certo é que ficara impedido de passear, vestido somente de cuecas, a arrastar as sandálias no pequeno espaço, a mover-se num chap-chap que incomodava. Às vezes tossia. Passara os dias lendo jornal, um vício que adorava.

Era baixo. Andava de terno nem sempre muito engomado. Nem amassado demais. Sem gravata, chapéu de massa enfiado até o meio da testa, carregava um jornal sempre embaixo do braço. O que não significava notícias novas. Às vezes era jornal velho mesmo. Ela não lhe concedia fortuna para que comprasse o exemplar do dia.

Não permitia que as empregadas sentissem o cheiro íntimo do marido. Porta trancada — tão logo ele saísse do banho e descesse para o jantar, as moças, dispensadas da cozinha, tinham sempre que dormir nas suas casas, mulher que dorme fora não tem serventia — ela cheirava a cueca, com faro de policial. Não raro, cheirava também as meias. Tudo isso por afeto, quem sabe um esquisito afeto torturado. Cercada da garantia de que era necessário conhecer as manobras amorosas do marido. Queria participar também, desfalecida, de sua secreta, secretíssima intimidade.

A ausência da gravata sugeria discreto ar descuidado, para meu pai. Minha mãe achava que, ao contrário, conferia-lhe um aspecto de absoluta preguiça, o que afastaria as possíveis pretendentes. Preguiça e desleixo. O terno trocado duas vezes por semana porque, pelo menos, alguma peça da roupa devia estar suja — ou de certa forma suja — para que não aparecesse muito limpo diante dos olhos das mulheres. Foi o que ouvi dizer quando se comentou os costumes de minha mãe. Nunca roupas brancas. Nem pensar. Nem de todo belo, nem de todo feio. E exigiria lavagens seguidas. Não se cogitava.

Se havia algum tipo de preocupação, ficava de pé na esquina do cinema Boa Vista, e batia o jornal na coxa. Caminhava, as mãos nas costas, de um lado a outro. Não mexia os lábios, nem mesmo para conversar sozinho. Contente, sorria e os olhos brilhavam. Precisava conversar com alguém para contar piada, brincadeira ou ironia. Ausente de mundo. Ia para a rua da Concórdia, aonde se dirigia todos os dias depois do almoço.

Fazia comentários jocosos. Sempre a respeito de mulheres. Nada de escândalo. A risada solta, sacudia os ombros. Contava a piada e batia as mãos. Depois retirava-se para, de longe, observar o efeito. Por trás do balcão, ou na porta da loja, observava a rua. Os ouvidos bem acesos. Contava uma piada a cada dia. Para não gastar risos.

Quase nunca usava ônibus ou táxis. Preferia andar e andar. Na ida e na volta. Evitava a avenida Conde da Boa Vista, onde o movimento era sempre intenso, muita gente, estudantes, paradas de ônibus, bancas de revistas, bicicletas, meninos correndo, mulheres falando alto, vendedores gritando, padres vendendo santinhos, espíritas com sacolas estendidas, palhaços com microfone anunciando espetáculos.

Começava pela praça Chora Menino, onde morava, depois rua Dom Bosco, Visconde de Goiânia, Glória, ponte Velha, Estação Ferroviária, cortando pela rua Voluntários da Pátria, rua da Concórdia. Primeiro visitava os colegas mais velhos — ou do colégio ou da faculdade —, nunca exerceu a profissão, advogado, viveu de rendas e de casas alugadas, às vezes até esquecia de cobrar os aluguéis. A viagem parecia longa. Ele fazia o trajeto com enorme satisfação.

Muitas vezes parava, rápido, para descansar num banco da Estação Ferroviária.

Em casa permanecia no quarto, vestia cueca de algodão com suspensórios, sandálias, de onde saía apenas para as refeições. Lia, lia muito, muitíssimo. Sobretudo aos domingos quando começava a manhã lendo o imaculado jornal do dia. Encontrava o exemplar sobre a cadeira alcochoada da penteadeira. Dizem que Dolores madrugava, quase não dormia, e, antes mesmo do banho, envolta num xale, ia até a esquina, comprava o jornal. Estendia-o sobre a mesa, passava ferro quente para que ele não se sujasse de tinta, explicava. Antes que o marido acordasse, o jornal já estava na cadeira.

Mais tarde, tomava um romance de José Alencar ou um Machado da fase romântica. Gostava muito de Helena, tendo decorado algumas palavras, sobretudo aquelas que lhe causavam melancolia e desgosto:

"Melchior aprovou a ideia do mancebo; e não lhe disse que o remédio viria talvez tarde, se viesse. Estácio ordenou as cousas para a seguinte manhã. Voltaram à alcova da enfêrma."

Se precisava descer, sobretudo para tomar as refeições, vestia apenas o paletó até a cueca — para absoluto desgosto de Dolores, mas os vícios não se evitam —, sentava-se à mesa — servido por minha mãe, apenas por ela, sempre por ela, movimentando-se com aquela postura de mulher inviolável e intratável, apesar da simpatia que as pessoas ostentavam quando estavam com ela. As empregadas não podiam chegar perto dele. Em absoluto. Proibidas. No momento em que chegava à sala de refeições — muitas vezes mamãe protegia-o com um lençol branco, enorme —, a porta da cozinha era fechada, isolavam-se.

No princípio ele ainda reclamou. Não gritou. Não houve tempo. Não que quisesse ter intimidade com as mulheres, parece que chegara a dizer isso a Dolores. Defendia a liberdade dele e das empregadas, porque não considerava justo o aprisionamento, elas ficavam sem poder trabalhar, inclusive. Não adiantou. Consta que ela não respondeu, encerrou o debate em plena frase, os dois se entenderam logo com os olhos. Ernesto ficou com a boca aberta, tentando falar sozinho. Mamãe com o dedo levantado.

Um desses debates foi escutado pela empregada Expedita, a Gorda. Porque havia duas: Expedita, a Gorda, e Expedita, a Magra. A Gorda tinha liberdade para andar pela casa inteira, mesmo com os limites da discrição. Especializou-se em decifrar os sinais dos quartos, dos corredores e das salas, sabia o que estava acontecendo antes mesmo que os patrões começassem a falar. A Magra foi demitida pelo advogado duas semanas antes da morte do meu pai. E a Gorda desapareceu logo depois. Desapareceu, sim. Não há registro que fora afastada do serviço. As duas anoiteceram e não amanheceram. Segundo a polícia, é possível que houvesse um certo idílio entre as duas e meu pai. Surgiu a remota hipótese de que as duas teriam segurado meu pai na cadeira para minha mãe atirar. Disputa amorosa. Briga de três mulheres por um homem só que teria resultado num acordo:

Ninguém fica com ele.

Não se pode desmentir — a polícia não teve condições de confirmar o entendimento, logo descartado — que Ernesto possuía um certo afeto pelas negras, apelidado de Rei das Pretas. A cor legítima das duas, embora Dolores seja branca. Um indício, sem dúvida. Que permaneceu como indício, todavia. Não deviam ter sido contratadas, pelo natural risco que representavam.

Na manhã em que ocorreu o desfecho, ela desceu transtornada para preparar o café. Fazia tempo que não permitia que o marido descesse — ou ele mesmo não quisera descer —, desde que descobrira algo anormal na cueca do homem. Um cheiro de mulher — e de mulher negra. Dizia-se que ele só conseguia ereção com mulheres brancas molhando a cueca em suor de negra. Dolores descobrira a trama ainda na lua de mel.

Teria então decidido demitir uma das duas. Fora, dizem que gritou. Um dos únicos gritos de minha mãe. Vendo o perigo que corriam, as duas foram embora. Quando, é o problema. Quando? Se antes, não se envolveram no crime. Se depois, deviam ter sido indiciadas. E naquela manhã ela encontrou a mesma cueca, sem estar lavada, na gaveta da mesinha de cabeceira. O que levara meu pai a ser tão imprudente — seria mesmo imprudência? —, diante de uma mulher tão severa?

* * *

Foi ela quem matou Biba. Se é verdade que a menina está morta. Não estou muito seguro disso. O enigma da minha mãe vai me perseguir a vida inteira. Essa mulher delicada, bebendo uísque noite adentro, inventando mortes. Sempre muito limpa, hierática, vestidos, jamais usou calça comprida. Com os cabelos caindo nos ombros. Sem pó, sem batom, sem pinturas. Silenciosa. Eu é que a imagino fumando, sempre fumando, um cigarro fino com piteira, um pedaço de galho de mato. Acho que ela é quem fuma formigas com piteira e tudo.

Matou-a em casa, depois levou-a ao rio. A mesma frieza com que dissera aquela palavra acusadora — suicídio — a respeito do meu pai — meu pai e marido dela, é claro. Se tivera forças para matar o marido, por que não teria para assassinar a neta, de certa forma filha? Filha de criação, pelo menos. Mesmo cobrando pedágio ao filho, que cortava o interior do Brasil arrebanhando corações.

Golpeou a menina ainda na sala de refeições, deve ter preparado uma daquelas refeições cheias de pães e gorduras, queijos e salames, tirou-lhe a roupa, para conduzi-la nua ao rio. Foi assim. Estou convencido. Voltou para dormir. Dormiu tanto que ainda não acordou. É o sono da morte. Não o dela, bem que merecia ser assassinada, mas o da menina indefesa. Mesmo assim, não esqueço que Dolores não costumava acordar cedo. Talvez por causa do álcool.

Estou errado, desculpem-me.

Não foi na sala de refeições. Ali, por hábito, Biba estaria de pé, conversando. E reagiria, haveria sinais de luta, luta de tesouras e punhais, estremecimento de tiro. Estou com dificuldade para imaginar. Meu pai também estava sozinho no quarto. A menina deveria estar deitada e dormindo. Não se entra num quarto assim de repente, gritando:

— Vim lhe matar.

É preciso que a pessoa esteja deitada. De preferência, dormindo e sonhando comigo. As duas lutam. Ninguém aceita a morte sem reagir. Mesmo quando a morte vem no sono. O encontro dos dois — vítima e homicida — sempre causa inquietação. Ninguém morre dormindo. A morte chega e acorda, há um instante em que os dois parecem se estranhar, e aí a pessoa abre os olhos, vê o mundo pela última vez, e morre. De verdade.

A morte não entrou sozinha no quarto de Biba, vestida de negro e com a foice afiada na mão. De jeito nenhum. Ela chegou pelas mãos de Dolores, que cometeu a desgraça com um golpe só. Não poderia ficar batendo na menina porque eu acordava no outro quarto.

Fizera tudo com habilidade e cálculo. Jogara a menina nos ombros, descera a escada, atravessara a sala e colocara-a no carro de mão já no terraço. Só depois seguira para o rio.

A porta da cozinha estava fechada, a bandida não passaria assim sem mais nem menos. É por isso que meus pensamentos são sempre confusos. Nunca me obedecem. Os pensamentos nunca me obedecem. Quero pensar numa coisa, penso noutra. Que é isso. Porque eu não podia pensar, não apenas pensar, acreditar que ela passaria pela porta sem abri-la. Nunca posso pensar sozinho. Tenho que pedir ajuda. As pessoas interferem. Como é que se pode viver assim?

Ainda vou conseguir mudar meus pensamentos. Questão de tempo. Esses não servem para mim. Vou recorrer a um médico, ele retira os pensamentos que são meus e que eu não quero, coloca outros que não são meus mas que eu quero porque prestam, tudo resolvido. Ai meus Deus.

Será que já é o alguém de minha mãe mandando em mim? Não vou aceitar, não, Dolores, você é muito perigosa, Dolores, nunca vou aceitar que você mande em mim. Se quiser pensar, penso sozinho, não preciso de você.

Dolores colocara veneno no suco de flor de laranjeira que Biba tomava antes de dormir. Para acalmá-la. A menina era muito inquieta, muito nervosa, muito agitada, precisava de umas meizinhas. Por que não pensara nisso antes? Meu Deus, esses meus pensamentos ainda me matam. Não era nisso que eu queria pensar. Não era. Acontece que outro pensamento se intromete, atrapalha. Talvez porque as pessoas ficam me olhando, pensando que eu estou pensando numa coisa em que não estou pensando. Ocorre então essa bobagem. Termino pensando no que as pessoas pensam que estou pensando. Não há quem aguente. Esse tumulto mental todo é provocado por Dolores que, na qualidade de assassina, deve estar querendo mandar na ordem dos meus pensamentos. Para que não me preocupe. Para que eu pense errado. Coitada, pensa que me engana. Quem dera.

Agora acertei meus pensamentos.

Até que enfim. Alivia. A menina foi dormir mais calma, prometendo morrer. E tão mais calma que morreu. Então Biba morreu de calma. E se ela morreu de calma, não foi Dolores quem a matou. Foi a calma.

Nada disso. Quem matou Biba foi Dolores. Preciso que os meus pensamentos não me abandonem. Estou fazendo a maior força. Devagar. Não posso soltar o fio do prumo. Assim, Matheus, vamos. Muito devagar. Ainda que ela não seja a criminosa, no segredo ardente do meu coração será sempre bandida. Vá com calma. É a calma que está me atrapalhando. Essa calma parece que chegou na hora errada. Sem pressa, Matheus, sem pressa. Não acuse a mãe em vão.

Porque ela só entrou no quarto quando o veneno começara a agir. Se a neta estivesse acordada, não haveria crime. Precisara que ela dormisse. Aí ficou fácil. Não tão fácil, pelo menos mais fácil. Então foi a calma, confirmado. Pronto. Ela só deu os últimos retoques. Para que houvesse a morte, era preciso que alguém completasse o serviço. A calma matou e a minha mãe disse amém.

Colocara-a no ombro, descera a escada, chegara à sala. Jogara o corpo no sofá de palhinha, abrira a porta. Enfim, abrira a porta. Ela não podia sair sem abrir a porta. Ela não poderia sair sem abrir a porta. Voltara, jogara o corpo ainda mais uma vez nas costas, saíra para o terraço. Foi ali que encontrara o carro de mão encostado na parede. Mas o carro de mão não foi se encostar sozinho, ela o encostou na noite passada. Pode acreditar.

Estava tudo planejado, sem pressa nem aborrecimento. Fez tudo sozinha para o pneu do carro não gemer. Ele rangia sempre. Recordo-me agora que, na noite anterior, aí pelas nove ou dez horas, depende, vi o vulto da minha mãe atravessar o terraço e ganhar o quarto dos fundos — o quarto de entulhos. Foi buscar o óleo que passava no pneu para não gemer. A gente vai assim organizando os pensamentos, vai descobrindo tudo o que acontecera. De verdade. Basta ir preenchendo os vazios, aí se descobre tudo.

Jogara o corpo no carro. As duas saíram em direção ao rio. Já estava combinado. Por isso não houve discussão. Não mude o pensamento, Matheus, não mude. Tudo muito calmo. Parece que o pneu ameaçou ranger de uma hora para outra. Mas Dolores conhecia as habilidades da arte de conduzir carros de mão pelas veredas em Arcassanta. Só sei que antes de caminhar no mato, ela tomou uma precaução interessante: tirou os sapatos para não trazer de volta a terra das margens do rio. Assim não causaria suspeitas. No segundo crime, o assassino trabalha com mais habilidade.

Cansada, não é fácil conduzir um morto, parou o carro perto da árvore onde o corpo se encontra agora. Ela pensa que me engana — se trouxe o corpo no carro, então as marcas do pneu estão aqui. Basta procurar. Daqui a pouco faço isso. É tão simples. Retirou a menina do carro, manobrando para não cair, sentia dores nas mãos. Em seguida, tirou-lhe a roupa. Minha única contribuição foi jogá-la no rio. A menina ficou boiando. Via que fora aberta uma rota na terra pelo pneu, quase uma valeta. O crime fora praticado daquela maneira. Aquilo não era obra de formigas. As formigas com piteira. Forte, a abertura na terra. Forte, vigorosa, firme. Então fora o carro de mão. Em seguida, as marcas dos pés de Dolores. Pequenos, seguros, lerdos.

Estava tudo muito claro.

15. Vou enganar os pensamentos de Dolores

Agora era preciso fugir.

Minha mãe estava louca — matara meu pai, matara a menina, me mataria. Não restava outra coisa senão fugir. Ou matá-la. Fiquei com medo, parado, tentava vestir a blusa da morta. Os dedos tremiam, escorregavam. Ela não ajudava. Biba não ajudava. Tive que fazer um esforço enorme para vesti-la. A saia subia molhada, prendia nas pernas, suja de terra, arranhava, toquei muitas vezes no seu sexo, aquela maravilha. As costas da mão batiam nos pelos suaves, escorriam nos montes suarentos, tocavam na carne. Tremia para não possuí-la. Uma agonia de dor e pranto. Quando colocava a blusa, verifiquei que os peitinhos ainda eram duros. Se eu a beijasse ela gemeria. Mulher não devia morrer, meu Deus, mulher não devia morrer nunca.

Beijei-a, beijei muito, beijei-a muitas vezes, diversas, beijei. Percebi a carne leve, macia, emplumada. Passava a ponta da língua nas curvas dos peitos, subia desde o coração até o bico arroxeado, descia desde os bicos arroxeados até o coração. Fiquei com um peito na boca — o peito enchia minha boca. Tocava apenas com os dentes na carne. Qualquer pessoa tem o direito de beijar peito de mulher no momento mais agradável. Enquanto beijava, sentia mais medo de Dolores. Era preciso fugir.

Fui em casa buscar as roupas e o saxofone. Não tinha cabimento fugir sem levá-lo. Não sou músico profissional, mas não passo sem ele. Me acode nos momentos de tristeza. De solidão e de agonia. E acalmaria Biba quando ela tivesse saudade de minha mãe. Apanharia um chapéu grande de palha para ela, devia sempre protegê-la, por causa do sol e da chuva, embora ainda não fosse inverno. Quem sabe o que poderia acontecer durante a nossa viagem? Seria longa. Ou breve. Teria de ser rápida.

O casarão se tornara sinistro, como uma armadilha de morte. A porta aberta do terraço batia, um velho cachorro, desgarrado e desdentado, estava latindo, Dolores se preparara para me receber com uma faca na mão, pronta para o crime, na escada que leva ao primeiro andar. Devia ter observado meus passos, sabia, desde o princípio que eu fora ao rio, não dormira, as olheiras fundas. Não sei por que, achei que ela estava usando peruca loura, para me confundir. E para despistar. Essa minha mãe é esperta por demais. Estivera me olhando entre as ramagens enquanto tirava a menina das águas.

O olho que me espiava na madrugada.

Não estaria nem mesmo em casa, Dolores. Andava ali por fora, acompanhando-me, seguindo-me, esperando que eu entrasse para me matar. A porta, abrira a porta para que ela ficasse batendo, dando a impressão de abandono, colocara o cachorro para latir à minha aproximação. Tudo elaborado. Estratégica. A mulher de peruca loura, o vestido negro cobrindo até os joelhos, as mangas compridas, apenas uma pequena abertura na garganta, seguida de uma fileira de botões brancos, o cinto firme na barriga. Planejara com atenção para que eu me sentisse atraído. Na espreita.

Peguei um cano de ferro jogado no chão. Estava armado, não me surpreenderia. Não podia, no entanto, ficar de pé ali no meio do terreiro, exposto, enquanto ela me tinha na mira. Era possível ver os seus olhos alumiosos dentro das ramagens, seguindo-me, acompanhando-me, aprontando o golpe.

Mexia com meus pensamentos, ela mexia. Comandava-me. Será? Senti os pés frios, as mãos geladas, a barriga vazia. Minha mãe atraía-me para a emboscada. Foi um momento muito esquisito — de desproteção, de falta de apoio, de falta de ajuda.

— Ela vai me matar.

Só esperava pela minha fraqueza. Bastava que eu relaxasse, cairia em cima de mim. Fiquei preso – preso no chão, chumbo nos pés, carnes trêmulas. Bastava me mexer e ela atiraria. Sem dúvida. Acompanhava todos os meus movimentos, desde o instante em que fui ao rio. Seguiu-me. Passo a passo. Me teve de peito aberto, inocente, oferecendo-me à bala. De propósito não atirou. Queria que eu me tornasse confiante, ficasse convencido, ela me mataria.

Meu Deus — agora eu estava na mira da velha. Por que usava peruca loura, a mulher? Que merda essa minha fraqueza. Maravilha de estúpido eu sou. Nada disso está acontecendo. Levante-se. Aliás, ande. Solte a barra de ferro. As pessoas sabem que isso é idiotice. Ela enganara meus pensamentos. Tire um pé. Depois outro. Me deixara o tempo todo ocupado com Biba. Vá firme, meu filho. O que é que eu podia fazer? Só desconfiei mais tarde, quando não tinha mais jeito. Permanecera muito tempo no alvo. Quem sabe já morri e nem sei?

Teria pelo menos ouvido o tiro. Não sou tão bobo assim, não. Será que também morri de calma? Depois de tomar o veneno no refresco de flor de laranjeira? Era só o que estava me faltando.

Não podia permanecer ali parado. De pé. Sem camisa. Sem sapatos. Um cano de ferro na mão. Esperava que ela me atingisse. Ou atingisse o morto. Se é que também estou morto.

Me dava um desespero tão grande enfrentar aqueles pensamentos. E sem conseguir me mexer. Sem tossir.

Coisa de gente morta? Gente morta sente tanto medo assim?

Parei de respirar. Prendi o estômago. Levantei os ombros. Ela quer me convencer que morri para não ter de me matar. Gritei:

— Você não perde por esperar, Dolores.

Dolores que por acaso é minha mãe. Matou meu pai, matou minha irmã, agora estava pronta para me matar. Ou me matou. Tentei cruzar os braços. Gemi. Ela comandara meus pensamentos, fora o alguém que me atormentara o tempo todo, as pessoas que me sufocaram e eu estava perdido, ela mandava em mim e eu não podia evitar. Tudo o que acontecia ali parecia uma grotesca, sinistra e terrível confusão. Dolores fingindo não me conhecer e eu só repetindo o que ela mandava, o que ela pedia para ser feito, o que ela queria que eu fizesse.

Estava a ponto de desmoronar.

Louco para sair dali e não conseguia. Um passo para a frente, um passo para atrás. Achava que também estava morto, mas nem a morte me ajudava a ter coragem. Nem ela, que costumava ser mais sensata. Ofegante, senti que o suor escorria no meu corpo. Precisava tomar uma decisão qualquer. Um gesto, uma atitude. Os músculos todos doíam. Naquela hora, o vento soprava brando, as montanhas azuleciam. Os olhos fechados, tateei em busca de algo em que pudesse me proteger. Toquei numa madeira áspera. Era um tamborete. Movia-me com enorme dificuldade. Sentei-me.

Lembro-me que Biba se recolheu um pouco antes de mim. Deu boa-noite, beijou o rosto de mamãe e foi para o quarto. O veneno já devia estar no copo de refresco. Depois de algum tempo, cumpri minha rotina. Passei no refrigerador porque meu copo ficava gelando. Aqui todos nós precisamos de tranquilizantes porque nos desequilibramos com facilidade. Não senti gosto estranho. Nada havia mudado. Apaguei as luzes. Deitei-me. Puxei o lençol até os ombros. Fechei os olhos.

Se morri, não me lembro. Somente no meio da madrugada senti calor, saí para me refrescar no rio. Aquilo é morrer? Tem cabimento uma história dessas? Dobrei-me sobre mim mesmo, no tamborete, protegendo a cabeça com as mãos, esperando o tiro de minha mãe. Ela já devia ter atirado. Os lábios tremiam quando prometi:

— Vou enganar os pensamentos de Dolores.

Quando ela pensar que estou andando, estou sentado; quando ela pensar que estou sentado, estou andando. Caí do tamborete. Respirava com dificuldade. Quando ela mandar que entre na casa, fico de fora. Quando ela disser para fechar a porta, então eu abro. Quando ela pensar que está longe de mim, estarei perto. Quando ela pensar que está protegida, meto o ferro na cabeça dela. Quando ela pensar que está viva, já morreu. Resolvi ficar ali mesmo, deitado, quem sabe protegido. Segurei o medo nos dentes. É o único jeito que encontro para enganar os pensamentos da minha mãe.

Levanta agora, Matheus, disse a mim mesmo, levanta agora que este medo não vai resolver nada. Fica de pé e anda. Enfrenta o mundo, que isso nem é enfrentar mesmo, isso é frescura. Fique de cócoras. Não há ninguém nem nada por perto. E se é assim, se não há ninguém nem nada por perto, então morri. Ninguém quer ficar perto de defunto.

E como ainda corro o risco de estar morto mesmo, só tenho um jeito: quando as pessoas acordarem eu vou pra rua e, se ninguém falar comigo, morri. Pronto. Só me resta caminhar para a cova. Se for cumprimentado, bom-dia aqui, bom-dia ali, então eu estou vivo.

Por enquanto tenho que fingir que ainda vivo. Ela acredita. Minha mãe acredita em tudo. Se imagina a pessoa mais inteligente do mundo, gosta até de mandar no pensamento dos outros, mas é tão boba. Basta que eu pense — pensando sou imbatível. Não havendo interferência, posso fazer o que bem desejar. Meu pensamento é tão bom que penso assim que estou morto, mas estou vivo. E penso que estou vivo e estou morto. Agora conheço os meus poderes. Com certeza.

Vou me levantar devagar, bem devagar, para que ela pense que estou sentado. E eu não estou sentado, estou me levantando. Coragem. Matheus, isso é loucura, não invente coisas, siga adiante. Minha mãe pensa que sou bobo. Se eu fizer tudo ao contrário, quando ela pensar que não, já estou atacando. Isso mesmo, tudo pelo contrário. Basta fazer assim, ela se confunde. Já está confusa. Pode apostar. Então estou de pé. Tenha confiança, homem, acredite em você mesmo. Sabe o que ela está pensando? Que estou sentado. Não é difícil entender — ela pensou que eu estava morrendo de medo, e eu não estou com medo, os braços cruzados, abraçado a mim mesmo, deitado, segurava o cano de ferro. As carnes tremendo, fazia o maior esforço para controlar o medo. As dobras dos joelhos sem atender direito. E era verdade.

O pensamento de Dolores pensava que eu continuava sentado, mas o meu pensamento pensava que eu estava me levantando e eu estava me levantando para não esperar a morte acocorado, até porque já estava morto, de tal maneira que fui me levantando, me levantando, e podia ver até o olho de minha mãe, brilhoso, claro, chamejante, a me observar de longe e sendo enganada pelo meu pensamento. Acho que houve um instante em que ela pensou:

— Matheus está pensando que eu vou matá-lo aqui no terreiro.

Tive vontade de pensar:

— Bobagem, já estou saindo daqui.

Sair assim é perigoso, a gente precisa ter precaução. Não invente, Matheus, não invente. Nada disso está acontecendo, você imagina. Porque estava olhando o cano de ferro e achando que devia carregá-lo na mão esquerda, pois na direita eu não teria forças. Não sou canhoto. Sou esperto. Muito esperto, tenho minhas sutilezas. Com a esquerda bateria fraco, não conseguiria um bom golpe. Não e não e não. Já sei. Quem está pensando que conduzo o cano de ferro na mão esquerda é Dolores, porque com a direita ela sabe que sou mais forte. Não conseguiria matá-la. Passo a arma para a outra mão. Ela não vai conseguir, dessa vez ela não vai conseguir, Matheus, ela não vai conseguir me dominar.

Quem entra numa investida dessa deve estar preparado para os pensamentos do inimigo: não são apenas pensamentos, são exigências. Deve evitar surpresa. Faz que anda e não anda. Faz que senta, não senta. Faz que fala e não fala. Surpreende o pensamento pela metade, não dá tempo de voltar e aí o dono do pensamento sobra na curva. É divertimento puro. E do bom. A pessoa pensando que não pensou. E pensando.

Vou fazer o seguinte: carrego o cano de ferro na mão direita, só para ela pensar que atendi o seu pensamento. Na verdade, não estou aceitando coisa alguma, é só fingimento. Vou caminhando assim, ó, com o cano de ferro na mão esquerda, assim fingindo, assoviando, ó, igual a um bobo, parecendo menino coroinha caminhando para a igreja, ó, que não presta atenção, e quando estiver mais perto do ataque mudo de mão e o pensamento dela, ó, nem vai ter tempo de pensar.

Basta uma pancada. Uma pancada bem forte. Com o muque direito. O mais forte que tenho.

Foi dessa maneira que a obriguei a entrar na casa.

Já na sala, tive um instante de indecisão. Subiria a escada para esperá-la no alto ou me esconderia atrás de um móvel, ali mesmo? Antes de me apavorar de novo, verifiquei com a maior clareza que aquilo devia ser obra de Dolores. Havia a desconfiança de que um vulto passava pela janela que, no entanto, estava fechada. A janela, não, as persianas. Recusei. Ela estava agindo. Ou seja, pensando. Começava outro ataque de medo, os pés frios, os joelhos insensíveis, a mão trêmula. Prendi a respiração. Sei que o controle nessas situações só vem com a respiração presa. Ou compassada. Lenta. Suspendi o medo. Me controlei.

Fora ela que me levara à sala ou meus pensamentos? Se haviam sido os meus pensamentos, então estava tudo bem. E se ocorrera por causa dela, aí a estratégia não dera certo. Recusei um passo, encostava-me na parede. Não era justo que meu pensamento me obrigasse a passar vexame. É uma crueldade muito grande. Tudo bem, se tem que haver um crime, que haja. Não vou ficar discutindo isso com ninguém. Nem comigo nem com Dolores. É minha mãe, não discuto.

Se eu pudesse não estava metido nisso. Não gosto, não tenho prazer, não me agrada.

16. *A PESSOA MATA, TOMA BANHO, VAI DORMIR E DEPOIS ESQUECE*

Decidi me esconder.

Fiquei atrás da mesa grande — a nossa mesa grande de jantar, onde fizemos tantas, regulares e boas refeições. Acocorado, segurando na madeira com a mão esquerda, a direita não soltava o cano de ferro, fiquei parado. Dali podia acompanhar todos os movimentos, uma visão ampla. Deixara a porta aberta para que não batesse, me distraindo. E para que eu pudesse vê-la entrar a qualquer momento. Arteira e matreira. Dentro de casa ela não estava ainda porque os olhos não brilhavam e os pensamentos não tinham intensidade. A fraca luminosidade da manhã se arrastava entre as paredes e os móveis.

Sou muito cuidadoso com essas coisas. Deixei a porta aberta. Você é doido demais, Matheus.

E se ela também morreu?

Não duvido que tenha se suicidado. Pode ter sido, quem sabe? Não é fácil conviver com uma mulher igual a Dolores. Quer tudo e pode tudo, escondida no silêncio e na solidão, controlando a vida da gente não só com os olhos, sobretudo com os pensamentos, e com raros gestos cronometrados.

Ela mandava na gente, nos pensamentos da gente, na brincadeiras da gente, no medo da gente.

É preciso estar sempre atento, senão ela é capaz de matar. Sem se defender — o que é grave. Uma pessoa que não se defende merece todos os zelos e cuidados. Atenção dobrada. Redobrada.

143

Colocou veneno no refresco de Biba, no meu copo. Deitada, esperou a nossa morte. Parece que estou vendo. Deixou o quarto aí pela meia-noite. Prendeu o chinelo no solado dos pés, nos visitou. Penso que vi. Beijou-lhe a face, colocou-a no colo, deixou cair a blusa da camisola, como se preparasse a amamentação. Soltou os cabelos. Minha mãe ajudou-a a morrer. Uma beleza de morte. Cantava e se balançava, feito na infância:

Morre neném

E a menina em agonia de morte. Nem podia reagir. Entrava no sono eterno com as mãos encrespadas, os músculos contraídos, sem dizer nada. Talvez tenha revirado os olhos. Não percebi bem. No entanto, o que me passou foi a imagem de uma mãe caridosa e sofredora, madona, que não pudesse evitar a morte da filha. Acarinhava a morta.

Dolores olhou-me de longe. Esfregava as mãos. Não tinha ódio, raiva, ou qualquer dessas coisas. Havia um certo toque de ternura na face. Não se tratava de uma assassina vulgar. Estimava as vítimas, amava-as, vigiava-as para que não se sentissem magoadas. Sentimental, é possível que tivesse uma lágrima no rosto. Essa mulher.

Depois ela também bebeu o refresco, sentada na cama de lençóis alvos, com tons amarelos por causa da vela acesa, com a blusa de alças, os seios intumescidos embaixo da camisola de algodão azul claro, claríssimo, e que tornava a pele afetuosa.

Deitou-se, puxou o lençol até o peito, a cabeça no travesseiro, mergulhava numa zona de abandono, onde encontraria o sono definitivo.

Um ar de paciência, humildade e dor.

Teve tempo de cruzar as mãos sobre o busto.

Deixei-me dominar pelo sono.

Quando acordei, a manhã estava alta. Devia ter dormido algum tempo. Levantei-me apressado, queria saber por que passara a noite ali. O corpo inteiro doía. As pernas pesavam.

A porta rangeu, tive susto. As dobradiças pareciam enferrujadas. Cheguei ao terreiro, afinal. Voltei à cozinha e acendi o fogo para preparar o café. Apanhei a toalha no baú.

Foi quando me lembrei de Biba.

A morte dela causaria muitos danos à família. Não, uma coisa daquela não podia estar acontecendo. Surpresa.

Subi as escarradas correndo, apressado, para avisar a Dolores, ela precisava saber, ia ficar muito triste, muito triste mesmo, precisava dizer que Biba morreu.

Mas eu não sabia de nada. Não podia estar sabendo.

Dormira a noite inteira debaixo da mesa, não falara com ninguém, não sabia. Por algum motivo carregava aquele cano de ferro na mão. E quem foi que me disse:

— Biba morreu. — Disse ou perguntou:

— Biba morreu?

Não falara com ninguém até aquele instante, desde que abri os olhos. Não falara mesmo com ninguém. Juro.

Parei na porta do quarto de minha mãe. Ia bater. Fiquei parado. Não devia acordá-la. Ela não podia receber a notícia assim sem antes sequer lavar o rosto. Comecei a falar sozinho, tentava me convencer de que era mentira, a menina não morrera, vá ver apenas sonhara.

Sentei-me no primeiro batente da escada. O medo diminuía, o suor escorria no corpo. Tentei me lembrar daquilo que me parecia um sonho ruim.

No armário encontrei vestidos e roupas íntimas. Quantos dias passaríamos fora, durante a fuga, era impossível saber.

145

Procura, procura, decidi-me pela blusa e pela saia de Biba. E por precaução escolhi também, para ela, um par de sandálias cujas tiras subiam até os joelhos, entrançadas nas pernas. Reuni tudo num saco plástico. No meu quarto, apanhei o saxofone e uma camisa branca, de manga comprida, amarrotada. Limpa, sem conhecer o ferro quente. Precisava também, de alguma forma, me proteger do sol. Recolhi um chapéu grande de palha. Talvez fosse me apresentar perante alguma autoridade, estaria composto. Ou até para pedir esmolas, se fosse o caso. E um tênis — um velho tênis sem cadarços, confortável para os pés. Estava tudo resolvido.

Preparado para a fuga, o que me incomodava era ter dormido embaixo da mesa.

Ainda pensei em bater na porta do quarto de Dolores — ela não suportaria saber que a menina morrera.

Estava intrigado porque ela não costumava acordar tarde. Talvez já soubesse que a menina estava morta e não queria falar com ninguém. Ou ela sabia que cometera o crime. Estaria escondida, se protegendo. Em geral, quando a gente ia para a cozinha, ela já havia tomado banho, preparado o café, sentava-se próximo à janela para observar o mundo. Nunca teve pressa, um segundo na vida, não teve pressa.

Jamais.

Pela segunda vez fiquei com a mão levantada diante da porta do quarto de minha mãe.

Talvez ela não precise saber de nada. Matou Biba e pronto. Por que ia sair do meu lugar para avisá-la? Se quiser saber alguma coisa, procure investigar. Da minha boca não vai saber. Tinha graça: matou a menina e depois quer que eu conte?

Me imagino entrando no quarto, acordando-a e dizendo:

Você já sabe, Dolores? Você matou Biba.

Tudo pode acontecer. Não acho nada esquisito. A pessoa mata, toma banho, bota perfume, vai dormir e depois esquece. Esquece sem a menor cerimônia. Pronto, agora eu quero esquecer. Esquece. Esquece por esquecer. Nunca acredita que matou.

Quem vai convencer uma pessoa dessas a acreditar que matou? Não vai mesmo. Nem eu. Eu que não vou acordá-la, dizendo bobagens, corro o risco de levar um tiro.

Uma pessoa acordando é coisa esquisita, confusa. Se nessa hora recebe uma notícia dessas, pode morrer. Assassino de mãe vai para o inferno de cabeça para baixo. E assassina de filha?

Mãe desgraçada, mãe desalmada, mãe desapiedada, as pessoas vão dizer na rua.

Filha que nem é filha. É neta.

Não quero me preocupar com isso. Fico no meu canto, nunca mais vou bater nessa porta. Quero que ela não abra mais.

Adeus, Dolores.

Enquanto descia a mão, pela segunda vez, fiquei pensando que talvez fosse conveniente escrever um bilhete. Colocá-lo por baixo da porta. Quando ela acordasse — se é que acordaria algum tempo — poderia lê-lo. Se achasse conveniente telefonaria para a polícia. Aí tudo estaria resolvido.

Não e não e não.

Se foi ela mesma quem matou a menina?

Soltei uma risada que me espantou.

Era melhor acordar logo. Antes que ela me desse refresco envenenado para beber. Afinal, não ia sair correndo feito um criminoso.

Naquele momento ela podia estar telefonando para a polícia, avisava com o maior cinismo que o criminoso era eu.

Não abriu a porta por isso.

Não deixei o bilhete. Também não podia escrever porque faltava tinta, lápis, papel.

Quem matou foi ela. Não tenho dúvidas. Nem eu, nem a polícia. Estamos certos de que agiu na calada da noite, conforme dizem os jornais. Mas quem está com o corpo sou eu, preparado para fugir, só não sei o que vou fazer com esse chapéu de palha, grande.

Basta me encontrar: as roupas estão comigo, a sandália comigo, fizemos um pacto de morte e escapamos.

Dolores nunca vai nos incomodar.

17. Não vou ser derrotado por um gole de café

Queimei os lábios, porra.

Devo ter ficado estúpido: fiz caretas, tremi, a mão suspensa com a xícara. Queimar a boca nunca é bom sinal. Foi no instante em que decidi tomar café, ali na mesa. Não devia fazer isso. Dolores se suicidara ou dormia? É preciso evitar o café quente. Não por causa da simples queimadura nos lábios. Isso passa. Ela está deitada, espera que eu enlouqueça. Não vou enlouquecer. Vou segurar as rédeas do meu juízo até me esgotar. Estou preocupado com as complicações do dia por causa da queimadura.

A vida não vai me surpreender na primeira esquina.

Não vai ser um reles gole de café que vai me derrotar. Não. Não aceito, não admito. Sei que ele está aqui também para me atrapalhar, sei disso. Tudo são maquinações contra mim. Então eu me sento à mesa com toda a boa vontade para iniciar o dia e de repente um gole de café me derrota. Não, não. Sempre fui muito esperto, compreendi essas coisas, fico atento. Quem garante que não foi Dolores que mandou ele me queimar? Me enganou.

Enganar a mim, logo eu que sou uma fortaleza, que sei investir contra os enganadores de toda ordem, contra os cínicos organizados. Comigo é diferente. Sou avisado. Permaneço inviolável contra as maquinações da sorte. Percebo sempre as sutilezas do destino. Acontece cada coisa comigo. Tenho que estar atento o tempo todo.

Se eu não estivesse atento o tempo todo o gole de café transformaria a minha sorte — a minha bela, inquieta e maravilhosa sorte.

No mundo as coisas não acontecem sem mais nem menos. Tudo está traçado. Se a pessoa queima os lábios com café, aquilo não é algo isolado. Aconteceu e pronto. Não é assim não. Não é mesmo. Funciona como um alerta para o resto do dia. Então logo que os lábios são queimados bata três vezes na madeira, implorando: sorte, sorte, sorte. Rápido, cortante. Aí some a desgraça que estava para acontecer. Ninguém pode deixar de fazer isso, senão o dia se transforma num tumulto. Não é uma simples queimadura. Alguém mandou o café lhe queimar porque está mal intencionado. Ou bem. Quem sabe?

Eu já não digo mandou. É autoritarismo demais. Induziu, talvez. Quem me induziu a tomar café quente? Claro, alguém estava interferindo. Dolores, é possível. Lá do quarto, dormindo — ou morta —, ela agiu. Fiquei emburrado. Emburrei de verdade. Se estava fazendo aquilo, além de estragar a minha sorte, queimava minha boca. Meus belos lábios de beijar Biba. Os deliciosos peitinhos murchos. Beijar os lábios e amaciar o colo. Está errado, está tudo errado. Conheço os meus direitos, conheço muito bem os meus direitos.

Também podia ser que ela não estivesse interferindo. Talvez. Não posso ser injusto. Nessas ocasiões deve ser feito um juízo perfeito para evitar acusações falsas. O café quente, por decisão própria, levou-me a queimar os lábios. Mas não vou cair na asneira de dizer que um gole de café tem inteligência. Seria exagero demais. Ou de menos, não sei. Inteligência não digo, mas café tem vontade. Com certeza. Sempre fui hábil no tratamento desses assuntos.

Na mesa de refeição fico atento. Quando percebo que há uma faca apontando para mim, mudo logo de posição. Não é que a faca vá pular no meu peito. Não é assim. Também não sou louco para acreditar numa bobagem dessas, mesmo sabendo que se acontecer não será um fenômeno. Procuro descobrir quem foi que pegou pela última vez na faca. Porque, com certeza, aquela pessoa está querendo me esfaquear. Ou deseja que alguém me ataque. Sempre desconfie das pessoas que colocam as facas apontando para você. Pode ser, também, que não queira lhe esfaquear, pode ser. Está preparando uma traição, maldade ou atrevimento. Tomo logo as precauções.

Quando fui jogar o café na pia, parei assustado. O que aquilo significava? O que significava mesmo? O que significava jogar na pia um gole de café quente que me queimou? Fiquei de pé, a mão encostada no balcão. Pensava. Devia pesar meu gesto, aquele gesto. Alguma coisa de muito inquietante acontecia. Ali na cozinha da minha casa, por incrível que pareça. Aí parei. O gole de café me enganava. Sem prestar atenção fui derramando o café quente na pia.

Se eu bebesse café quente, ou se jogasse o café quente na pia, o mínimo que podia acontecer era ser acusado de matar Biha — o principal problema que me aguardava. Fechei os olhos — queria pensar com profundidade. Fiz pose de pensador. Eu seria acusado de assassinato ou apenas confirmado?

Esses incidentes são um perigo. Se as pessoas bem soubessem, ficavam preocupadas. Jogar café quente na pia merece reflexão. Grave, reflexão muito grave. Não é um ato convencional. Basta observar a pessoa, calculando os movimentos.

A pessoa se levanta da mesa, caminha até a cozinha, move o braço e a mão para jogar café quente na pia. Um gesto comum? Seria se fosse um café quente qualquer. Acontece que é o café quente que queimou minha boca. E o café quente que queimou a boca da gente nunca age sozinho. Atendeu ao pedido de alguém. Precisa ser investigado para evitar surpresa. Sou assim. Quando atua sozinho, o café vem escorrendo na xícara e esfria bem perto dos lábios. Numa passagem de vento.

O café me preparava para a acusação. Não precisavam investigar mais nada — Matheus, criminoso, assassino, estuprador, a menina encontrada morta e nua, o sexo esfacelado. E ainda me chamariam de fera, monstro, selvagem. Só por que matou uma pessoa querida precisa disso, precisa? Não é direito matar? Diga se não é direito? Não sei por que as pessoas especulam tanto. Quem mata tem motivos, a gente é que não quer acreditar. Nem se convencer. Que é o mais difícil.

Tudo que acontecesse de ruim na minha vida seria culpa do café.

Esperei que ficasse frio, um pouco mais frio, para que os meus problemas pudessem diminuir. Deve-se ficar atento aos menores detalhes, ali o segredo está sendo manipulado, um gesto em falso e o sangue fica perdido. Quem não cuida disso não sabe o que está acontecendo. As maquinações contra a gente começam no cisco do canto da parede, no vento frio que passa por baixo da porta, no pedaço de cigarro que restou no cinzeiro. Desconfie do cisco perdido no divã da sala. Tomou café quente está a perigo — ou o contrário, precisa tomar café quente para decisões definitivas. Avaliações justas resultam em soluções corretas. Isso é muito esquisito. Dizem os filósofos.

A gente acorda de manhã e tem muitos caminhos a seguir. Nada está traçado para sempre. O dia vai sendo construído conforme os nossos pequenos detalhes. Às vezes sem importância. Aí está o drama: o sem importância surge mais perigoso. Detalhe mais detalhe mais detalhe. Um dos caminhos é não tomar café quente. Ou tomar, depende. Desde que não queime os lábios. Tudo na vida são sinais que o destino prepara, se a gente não souber interpretar termina sendo surpreendido. Me previno logo. Bato no madeira: sorte, sorte, sorte. Bem depressa. Tem que ser bem depressa para cortar a imediata interferência.

E se tomar o café frio o que é que acontece?

Nesse caso é preciso pensar bem. Fazer graves reflexões. Investir no exame qualificado e lento.

Sento-me no tamborete. O polegar embaixo do queixo e o indicador subindo até a orelha.

O café frio pode resultar em fraqueza. Não leva longe. Mas é melhor do que o morno. Ou quente, ou frio. Morno, nunca. Quer dizer: depende das circunstâncias. Pode ser. Nunca é uma palavra perigosa demais. Nunca e talvez. As pessoas falam e falam sem saber o peso das palavras.Me impressiono como elas dizem coisas e não compreendem o que estão dizendo. Faz pena. Palavras não são para ser sopradas, mas medidas. Avaliadas. Examinadas. Quem não conhece palavra termina levando uma vida estúpida.

Isso não vem ao caso agora porque estou preocupado com o destino — tão atormentado pelas pessoas, pelos animais, pelos objetos. A faca, a xícara, o café. Como não tolero fraqueza, fiquei pensando o que devia fazer para que o café quente voltasse a ser quente sem levá-lo ao fogo. Uma agonia sem-fim. Tornava-se necessário tomar o café quente. Bem quente. Ou não? Não, talvez complicasse ainda mais a situação. E quem disse que a situação era complicada? Gelei. Faltou terra nos pés. O problema não era esquentar o café. Mais grave ainda — o problema era que o café já havia descido na pia. Não era mais nem água. Fechei os olhos para sentir o escuro da alma. Tremendo. Gemia.

Fiquei com raiva. As lágrimas escorriam no rosto. Reclamei:

— Deixa de besteira, Matheus, deixa de besteira que isso é idiotice pura. Agora caia em campo, vá fazer o que você começou.

Até que eu queria cair em campo. Queria, sim. Não conseguia encontrar uma brecha naquele emaranhado de pensamentos. Soluçava, me balançava no tamborete, ai, meu Deus, me livra dessa loucura, meu Deus, isso é loucura, meu Deus, me livra. Respirei fundo, procurei ar nos pulmões, suava. O suor frio e pegajoso que se arrasta na pele. E que fede, nos momentos de aflição, o suor fede. Só estou querendo dizer que não matei Biba e o café quente me acusando. Não está certo, não está certo. Pura maldade. Só fiz sexo, um pouco de sexo. Ela sempre queria. Ela gostava. Vamos brincar de beijar peitinhos, ela dizia. Tinha a pele macia, a menina. Um corpo de pluma e lã. Meu Deus. Fiquei tonto. E cansado. Bem cansado. Para não dizer, exausto.

Não sou doido.

Apenas isso: meu eu não se entende.

Um problema que me exige muita paciência. Porque às vezes paro pensando: será que sou doido? Doido é só quem atira pedra? Não atiro pedra em ninguém, não rasgo dinheiro, não sou maluco. Todas as pessoas são iguais a mim. Um pouco mais, um pouco menos. Não sou doido. Nunca fui e jamais serei. A única coisa que preciso é juntar o meu eu com o meu eu. Uma questão delicada. Delicadíssima, compreendo. Desde que eles se entendam não haverá problema. Estou convencido — não sou doido. O que falta é entendimento no juízo. O que ocorre é que meus pensamentos não são meus pensamentos. Os meus pensamentos são invadidos pelos outros. Se meus pensamentos não fossem invadidos pelos outros o meu eu não brigava tanto com o meu eu. Um problema sério, sério demais para ser discutido e resolvido por mim mesmo. Acho que está mais claro assim.

Nós nunca nos demos bem.

Os dois divergem de mim, me inquietam, me atormentam. O que não significa que eu seja doido. É uma questão de temperamento. Meu temperamento não gosta de mim, o que é que vou fazer? Gostar já não digo, diverge. Meu temperamento diverge de mim mesmo. Assim como meu corpo. Desconfio que até mesmo o meu sangue. Somos muitos — eu, meu outro eu, meus muitos eus, meu temperamento, meus pensamentos, meu corpo, meu sangue. Não gosto de sangue. Fico muito triste quando vejo sangue. Sangue, não. Sangue, nunca. Sangue, jamais.

E minha fuga? Ah, minha fuga. Perdi tanto tempo. Não fugi ainda, nem dei proteção a Biba. Ela precisa de mim, está à espera do meu socorro. E eu aqui parado pensando nessas coisas. Termino me irritando. Estou irritado. Sabe o que aconteceu? Descobri agora mesmo — o meu pensamento que não é meu pensamento decidiu divergir do meu pensamento que é meu pensamento e ao invés de agir passei a pensar no pensamento dos outros pensamentos só para me causar transtornos. É o que acontece quando a gente tem um pensamento que não obedece a gente.

Esse pensamento não presta mesmo.

Enquanto estou aqui pensando besteira, Dolores deve ter telefonado à polícia. Se eu fosse na verdade mais esperto — e eu sempre me imaginei esperto demais a ponto de observar até a posição dos objetos na mesa —, não estaria aqui perdendo tanto tempo no exame minucioso e elaborado dos tormentos que um gole de café quente pode causar no destino das pessoas.

E agora? Bem que desconfiei que o simples gesto de jogar café quente na pia não era um simples gesto. Tinha alguma coisa de misterioso. Tinha algum aviso. Quando desconfio de uma coisa nunca estou errado. Vou insistir. Meu Deus, eu nunca me engano.

Uma estratégia estranha. Concordo. Talvez insólita. Concordo. Um tanto diferente. Concordo. Mesmo assim procuro resolver o meu impasse. Quero de volta o meu gole de café. E quente. Quase que consigo entrar na pia. De cabeça e tudo. Pronto.

18. TODO MUNDO DEVIA TER UMA PERNA SÓ

Preparei sanduíches para o caso de Biba sentir fome. Nas costas, um saco com o material. Faltava cigarro.

Voltei ao rio, sempre atento aos olhos de minha mãe que me acompanhava, escondida nas ramagens. Um perigo. Consolava-me às vezes imaginando que ela morrera. Devia estar morta. Assassinato ou suicídio? Castigo para quem não evitou a morte do meu pai, mesmo pagando pena. Na nossa família ficou a certeza, ainda que fingida, de que fora suicídio, apesar da decisão judicial. Ninguém queria ter mãe — ou irmã, ou prima, ou avó — assassina. Nem de longe se pensava nisso. Apesar do sofrimento, era melhor ter um pai — ou irmão, ou primo, ou avô — suicida. Um pai suicida é menos grave do que ter uma mãe assassina. Com o agravante de ela ter matado o marido. O nosso pai. De minha parte, nunca suportei essa ideia. Acomodei-a. Ainda que a contragosto.

Senti um aperto no coração. Parei com os olhos fechados. Gelo no coração.

Devia ter prestado mais atenção no gole quente de café que queimou os meus lábios. Ou no gesto de derramar café quente na pia. A vida é a reunião desses pequenos detalhes. Costura daqui, costura dali, está formado o grande tapete da vida. Vêm as traças e estragam tudo. Bem que desconfiei. Comecei a me sentar no terreiro. Devagar. O suor se arrastava nos poros. Como saíra de casa? Eis a dúvida cruel. Com o pé esquerdo ou com o pé direito? Não se pode ser tão desatento. O gole de café quente me avisou, o gesto na pia confirmou, não me preveni. Puta merda. Agora me vejo sentado, trêmulo, com medo de andar porque não sei o destino que me espera. Aquilo só podia favorecer Dolores.

Uma dessas fatalidades que se parecem com um raio cortando o corpo, desde a cabeça até os pés.

Estou sufocado e desamparado. Minha mãe morre de rir porque sabe que prejudicou meus pensamentos, escondida nas árvores. Sentado no terreiro, a caminho da vereda que me levaria ao rio, a cabeça enterrada entre os joelhos, mordia os lábios, sinto cólicas. Meu Deus, como é que um homem lúcido e sério, uma pessoa de caráter, de bom comportamento, cumpridor dos seus deveres, sai de casa com o pé esquerdo? Só pode ser tramoia do gole de café quente, do gesto de derramar água na pia, conforme pacto com Dolores. Gemia, procurava o ar, procurava a respiração.

Debatia-me entre o medo e a vontade de vencer o medo. Queria me levantar. Tinha a sensação de que me tornara tão leve quanto a mínima folha de papel que se atira no vento. Queria me deitar. Sentado, as costas doíam. E apenas gemia — aquele gemido me irritava, sou um fraco, um fraco que se deixa dominar pelos olhos brilhosos de Dolores, pelo café quente, pela água que escorria na pia. Tinha que me decidir: continuaria caminhando com o pé direito ou com o esquerdo. Os dois juntos?

Sustentava a sacola com a roupa e os sanduíches de Biba. O chapéu caiu da cabeça.

Precisava caminhar e gemia. Não seja bobo, Matheus, não está vendo que isso tudo é mentira? Tudo é crença. O choro engasgado. Preso na garganta. Atropelado no começo da garganta. As lágrimas não sobem, os olhos permanecem secos. Minhas lágrimas não nascem nos olhos, nascem na garganta. Ô, Matheus, meu filho, se domine. Os gemidos parecem uma legião de lágrimas que se cruzam e não conseguem passar. Feito pedras atormentadas. Daí vem a falta de respiração. A alma se ausenta. A gente tem certeza, então, de que está só. Sozinho diante do perigo e do abismo. Só e abandonado. O abismo se abre aos nossos pés. A pior coisa do mundo, Matheus, é quando o homem se sente sozinho e abandonado à beira do precipício. Os pensamentos de Dolores atormentavam os meus pensamentos.

E meus pensamentos atormentavam meus pensamentos.

Investia na calma, apoiando-me na terra áspera com os dedos, forçava a harmonia dos gestos, questionando minha tranquilidade, sustentando a sacola. Achei um pouco de alívio, embora a testa estivesse porejada de suor. Um alívio forçado, com os músculos tensos, do peito e dos ombros. Buscava esse alívio que consola e que conforma, ainda que as lágrimas estejam se desmanchando. Naquela situação, só me restava dominar o pânico. O medo abria consequências.

Tive um momento de súbita alegria. Se eu tinha medo, então não estava morto. Porque já confessei que Dolores colocou veneno no refresco para matar Biba, para me matar e para se suicidar. Quando a polícia chegasse no de manhã, todos estariam mortos. Uma tragédia, feito se escreve nos jornais. Parece que é assim — talvez eu esteja vivo e isso é muito bom. Momento antes, eu nem desconfiava que estava vivo. Vivo e bulindo. Nem desconfiava. Agora me sentia mais vivo, e embora eu não esteja bem convencido de que estou vivo mesmo, sinto--me atacado por todos esses pensamentos que costumam me atormentar o dia todo.

Suspirei fundo. Relaxei.

Me seduzia o prazer de viver. E em paz. Se Dolores tinha mesmo o poder de me atormentar, então ela agia com dois pensamentos: um que me atormentava, outro que me pacificava. Tem gente que é assim. Me apavorei. Minha mãe com um só pensamento dá um trabalho danado, imagine com dois. Pedi a mim mesmo uma trégua. Nada mais do que uma trégua. Estava cansado.

— Faça isso por mim, meu pensamento.

Implorei.

— Me ajude a pensar, meu pensamento.

Solicitei.

— Pense por mim, meu pensamento.

Ajustei.

Era possível que eu tivesse também dois pensamentos. Eu e minha mãe. Biba, não. Biba não participava dessas coisas. Era apenas disputada por mim e por Dolores. Permanecia calma, mesmo morta. Quem morre fica mais calmo ainda. O que não acontecia comigo — morto e com dois pensamentos. O que não seria novidade, porque um morto tem pensamento de morto. Vivo tem pensamento de vivo. A não ser nos casos de inversão: morto tem pensamento de vivo e vivo tem pensamento de morto. Tem gente que vive morto.

Os meus dois pensamentos estavam com medo? Para que é que quero dois pensamentos se nenhum dos dois sabe pensar?

Decidi voltar me arrastando de costas para dentro de casa, de forma que era como se eu não tivesse saído de maneira alguma. Quem volta de costas parece que não saiu nunca. Pode sair de novo com o pé direito. E com os olhos fechados. Agora era eu quem ia enganar os pensamentos de Dolores, o gole de café quente e o café descendo na pia. A minha vingança pelo aperreio. Não mais corria o risco de enfrentar Dolores, que ficará intrigada com a minha atitude. Eu enganava os seus pensamentos: ela pensava que eu estava parado e eu estava andando. Ela pensava que eu havia saído, e eu estava entrando. Mas era assim? Pode ser que sim, pode ser que não. O primeiro pensamento podia imaginar que eu estava sentando, mas o segundo pensamento pensava que eu estava andando.

Desconforto.

Fui obrigado a enfrentá-los ao mesmo tempo. Decidira fingir que estava sentado e andando — e não estava sentado nem andando: estava me arrastando. Amparado nas mãos, quase sem tocar na terra. Que bom. O meu pensamento passava de fino entre os dois pensamentos de Dolores e os dois pensamentos não sabiam o que estava acontecendo. Só sentiam o calor. Não dava tempo de pensar.

Me arrastei devagar. Atravessei o terreiro, subi de bunda nos batentes, entrei na casa. Estava em condições de brigar, inclusive com o destino. Inclusive, não, sobretudo. Sobretudo para enfrentar o destino formado pelos pensamentos de Dolores. Na sala, senti-me em condições de sair com o pé direito. Aliviado. Pularia numa perna só. Amparei-me na mesa para rir. Imaginava o que devia se passar na cabeça de Dolores. Eu nem estava andando, nem estava sentado, nem estava me arrastando. E ela pensando com os dois pensamentos que se cruzavam: o que ele está fazendo? Vai demorar até que perceba. Ela nem sabe que eu estou pulando. Com uma perna só. A direita, meu filho. A direita que só dá sorte e alegria. Ela nem sabe, Matheus. Eu só queria ver a cara de Dolores.

Minha convivência com ela era sempre sofrida. Agoniosa. Diferente daquela vida inquieta, um tanto sombria, que tive ao lado de tia Guilhermina, mas uma mulher de muitas ânsias e amores. Uma mulher é assim — uma mulher. Cantora de cabaré.

$* * *$

Tia Guilhermina vivia com portas e janelas fechadas, cadeados nas grades, medo incrível de homens, não dava bom-dia, não trocava cumprimentos, apressada, sempre apressada. Era interessante vê-la andando pelas ruas. Não subia na calçada, caminhava no calçamento, encostada no meio-fio, bolsa embaixo do braço, as pernas num passo célere, miúdo, rápido. Rapidíssimo, até. No trabalho tratava os companheiros a distância. Se a nossa família era do silêncio e da solidão, tia Guilhermina tornara-se a criatura do medo. Tão linda no seu jeito de ser medrosa. Tão linda minha tia. Tão linda.

Na noite em que o advogado de chapéu na mão foi me buscar, fez tudo com exatidão, inquieta, inquieta e apressada, pela primeira vez a vi apressada nas quatro paredes da casa, movia-se tensa, a voz tinha a mesma densidade das passadas. Mesmo sem querer, habituado, acompanhei os movimentos. Parecia gemer, sofria, afinal um homem desconhecido entrara na casa, e um homem desconhecido entrar na casa é fato grave. É verdade que, vez ou outra, apareciam também encanadores e eletricistas, o que não gerava problema porque ela me pedia para recebê-los e acompanhá-los, apesar da minha meninice. Eu fazia tudo com satisfação. À noite, quando ela voltava do trabalho, lhe prestava contas, mostrava os consertos, explicava os gastos.

Não deu intimidades ao advogado. Aquilo lhe custava muita apreensão. Enquanto aguardava que eu ficasse pronto, e por conta de natural cortesia, ele tomou um café pequeno, ficou sentado numa cadeira do terraço, bem perto da porta principal.

Não se incomodou, pelo menos foi o que pareceu. Minha tia caminhava esbaforida pela casa, desejando que o homem fosse embora logo. Passava as mãos nos cabelos, com insistência. Houve um instante em que a surpreendi parada diante do espelho. Parada no espelho? No momento em que deu um passo para trás, ajeitou os seios com suavidade. Depois a cintura.

Não parava de andar e se pretendia bela. Talvez desejasse ficar ao lado do homem, numa prosa animada de pessoas que se gostam, se admiram e se despojam em afetos. Entrava, saía, entrava. Entrava e saía e entrava. Entrava. Saía. Entrava. Outra vez o espelho, de novo o cabelo, de repente a cintura. Desconfiei que ensaiava um certo sorriso. Ensaiava, não sorria. Arrependida, cobria os lábios com a mão, para esconjurar a ousadia. Acho que chegou mesmo a se benzer. Uma ou duas vezes.

Retornava ao terraço sem falar, sem puxar conversa, sem uma saudação. Cruzava os braços, queria dizer alguma coisa, nada. O sorriso ficava no ensaio, as palavras morriam. Quando tentava falar, acho, sentia o medo. Queria entabular conversa de cinco minutos com um homem. A simples presença a advertia. Chegava no terraço, fazia que ia falar, sacudia a cabeça para trás, cobria a boca com a mão, dava meia-volta, corria. Sorria para dentro, para o silêncio. Entrava no meu quarto, pedia pressa e arrumava a mala de novo. Fazia e desfazia. Desmanchava tudo.

Como jamais conversamos sobre esse e outros assuntos, não sei de onde surgiu esse medo. Além do mais, sua vida íntima nunca me interessou. Não me causava a menor curiosidade. Cumpria o que me solicitava, tratava dos meus deveres escolares, estudava música, lia tudo, sentia-me bem. Nenhum sobressalto, sempre as mesmas coisas, nenhuma novidade. Se eu tivesse que voltar a ela para mais uma convivência, crescido, creio que a questionaria, talvez pudesse ajudar. Mesmo assim, acredito que teria de conviver com o adulto em que tornei: medroso e desconfiado.

Naquela noite, estava alegre e apreensiva. Alegre, apreensiva e cansada. Era possível verificar que o suor já escorria na testa, na face, no nariz. Exausta. Em vinte ou trinta minutos deve ter se esforçado mais do que em toda a vida. Aprontara minhas coisas desde a tarde. Assim que viu o homem chegando, desmanchou tudo. Senti pena, uma grande pena daquela mulher que desejava homens e tinha medo deles, caminhava de um lado a outro, pretendia se esconder na noite e se expunha ao dia. Saí do quarto resoluto. Disposto a viajar logo, apesar da situação escandalosa — ia enfrentar uma mãe assassina que nem soubera que existia. Ia cuidar de uma mãe que matara meu pai.

Quando o advogado, obsequioso ou apressado, tentou estender o braço para apanhar minha mala que estava no limiar da sala, foi repreendido com um forte não entre nesta, o senhor não tem esse direito. Ele recuou rápido. Puxou o braço. Pareceu se esconder em si mesmo. Envergonhado. De costas para minha tia. Dirigiu-se ao carro, ligou a ignição, esperou-me. Entrei. Ele não tirou os olhos da estrada. Creio que me imaginou dormindo com uma louca. O que não é verdade.

Durante a viagem pensei muito no episódio. Somente ali tivera ocasião de entendê-la. Por que precisara de tanto tempo? Estivera tão entretido assim com os pássaros que me ensinaram a viver? Houve um instante em que nem pensei nos meus pais. Nem podia. Não me fora dado saber que tinha pais. Pai e mãe eram entidades desconhecidas. A minha tia, porém, a minha tia sempre estivera a meu lado, preenchia meu silêncio. As horas vagas. O tempo. A tia que agora me causava também grande apreensão.

Eram duas — uma tia Guilhermina para a rua, apressada e desconfiada, com medo de homem; uma tia Guilhermina para casa, lenta e elegante, doce, apegada ao menino. Nunca fui loquaz, não falava muito, expressando-me sem exageros. Em nossa família não existe esse tipo de gente barulhenta. O que não aprecio, parece que não retém os segredos, não é capaz de segurar o jorro de palavras que se forma no céu da boca. Ela se deslocava com leveza em nossa casa, tomava banho nua comigo, cantava para que eu dormisse, mesmo quando cresci, a minha penugem se expondo, ameaçava macheza.

Os seios de tia Guilhermina eram divinos. Não podia dizer, não me manifestava, mas esperava com ansiedade que ela tirasse a blusa. Quando ameaçava tirar os botões, eu começava a tremer, o frio na barriga. É possível que aquilo fosse desejo, o meu desejo, minha ânsia de sexo. Sem calcinha, ela não usava calcinha, apresentava-se. Uma grandeza de mulher. O curioso é que meus olhos se prendiam nos seios, nos pequenos, belos e trêmulos seios de minha tia. Talvez não fosse uma jovem, com certeza. Passava dos quarenta. Era uma mulher de muitas maravilhas.

Nos primeiros anos sentava-se na bacia comigo, os seios tocavam no meu rosto, aquelas duas pérolas nervosas, aquelas montanhas de prazer, os peitos pareciam dois passarinhos, e eu beijava-os só para mim. Não os beijava como se beija ao natural, encostando os lábios nos bicos. Imaginava. Imaginava-me beijando-os. A saliva enchia a boca. Ela apanhava o sabonete, esfregava os dedos na minha face, no meu nariz, na minha boca. Nas orelhas. Cantava alguma coisa. Cantava com a boca fechada. Tão triste a cantiga.

Nunca lavou o meu sexo. Nem antes nem depois. Colocava o sabonete na minha mão, ensinava-me como fazer. Eu esfregava de leve. Não demonstrava atenção. No princípio dizia-me faça assim e assim, tire logo o sabonete senão vai arder, faça isso sempre, sempre, no mínimo é higiene, não admita sujeira, jamais. Nunca falou a palavra homem, ao contrário de Dolores. Menino, repetia, menino, repetia várias vezes por dia. Só não admitia que tomasse banho sem ela.

Quando cantava à noite, com todos aqueles cuidados, parecia uma prostituta de luxo. Tia Guilhermina era doida para ser prostituta e não podia. Foi no que acreditei depois. Cantava para muitos homens, para muitos machos, para muitos galãs. Só admitia uma plateia: imaginária. No momento em que vestia a linda camisola branca, leve, com bordados e babados, espalhava os longos cabelos nos ombros, uma rosa na orelha direita, na verdade estava se exibindo num cabaré, na zona, cantava os amores perdidos e dilacerados. Tia Guilhermina, cantora de cabaré.

* * *

Ali pensei que a humanidade seria bem mais tranquila se todo mundo tivesse uma perna só. Não ficariam as dúvidas e as angústias por causa da perna esquerda. De uma reles perna esquerda que provoca tantos danos. As pessoas são infelizes porque pensam o tempo todo que saíram de casa com a perna esquerda.

Se eu ainda estiver vivo, vou amputar minha perna esquerda. Será um alívio. Não terei de passar mais vezes por essa tormenta que me atingiu, que provocou tanto medo. Se eu tivesse uma perna só não passaria por isso. Todo mundo com uma só perna não haveria nem esquerda nem direita. Seria perna. Apenas uma perna. Única.

Assim fui caminhando — aliás, pulando — até as margens do rio, ainda não muito próximo. E se Dolores tivesse telefonado para a polícia? Não que ela estivesse viva, se suicidara, mas os mortos também falam ao telefone. Parei. Não podia continuar de peito aberto. Retornar de novo? E de costas? Mesmo pulando numa perna só devia tomar precauções. A perna direita garante sorte, mas nem tanta sorte assim. Até da sorte a gente desconfia, sorte demais é sinal de armadilha. Basta dizer que nem todas as pessoas acreditam na perna direita. O que devia ser evitado. Para o bem de todos. Me preocupo. Rezei em voz baixa:

Sorte, sorte, sorte. Valei-me, meu Deus. Tudo bem, tudo bem, tudo bem. Valei-me, meu Deus.

Havia criado essa oração esotérica para acalmar meus nervos e para me convencer de que não seria atingido por qualquer perversidade. Cada vez que uma praga me ameaça, ainda que seja apenas no pensamento repito três vezes essas maravilhosas palavras — sorte, sorte, sorte, tudo bem, tudo bem, tudo bem, valei-me, meu Deus — e a cura é imediata. Minha sorte está protegida. Pelo menos até a próxima tentativa do destino.

Pulei para uma moita, me escondi. O que é que eu faria com a perna esquerda? Tinha raiva, tinha uma grande raiva dessa maldita perna esquerda, tinha uma raiva maldita e irritante dessa grotesca perna esquerda. Numa hora daquela, com tanto perigo e tanta expectativa, não devia colocar o pé esquerdo no chão. De forma alguma. Não quero, não posso passar por tanto sofrimento. Isso não existe, Matheus, se equilibre, homem. É puro medo, do cristalino, da mais alva brancura do medo. Esqueça a porra dessa perna, não há perigo algum. Sentei-me sobre a perna direita, esticava a esquerda. Um desequilíbrio. Os músculos doíam. Se permanecesse daquela maneira, qualquer pessoa ia me ver, denunciado pela perna espichada. Escondido com o rabo de fora. Aliás, escondido com a perna de fora. Como seria me acocorar com uma perna só?

Carregava na sacola as roupas da menina, os sanduíches, o saxofone, tudo. Ela já devia estar com fome. O chapéu de palha na cabeça.

Sentado, agarrei a canela da perna esquerda com as duas mãos, fui puxando-a para trás, empurrava o corpo, num esforço que moía os músculos, a perna direita se arrebentava, o suor escorria no rosto. Qual dos dois pensamentos comandava a ação? Quase saí detrás da moita para me exibir. Um dos dois pensamentos quis me prejudicar. Desconfiei. E quando eu desconfio, é quase certo que há safadeza. Vi logo que não era um pensamento de qualidade. Um pensamento assim não pode ser meu. Pensando bem, até que pode, porque os meus pensamentos não me obedecem. Uma desgraça viver dessa maneira. Intrigado sempre com os pensamentos, sem poder me livrar deles. Sobretudo quando são dois. Já descobrira, inclusive, que um dos dois não merecia confiança. E ainda tinha de lutar contra os pensamentos de Dolores.

Ela devia estar agindo. Tomei coragem para me dirigir aos policiais. Era com eles que devia me entender. Armados, bem armados, com metralhadoras, fuzis, rifles, revólveres e punhais, que não se pode prender um homem do meu porte assim sem mais nem menos. Passei os olhos na área. As duas pernas doíam. Eu já estava moído. Precisava de calma. Calma e paciência. Paciência e analgésicos. E desconfianças. Muita desconfiança. Não vi ninguém. Desertas, as margens do rio.

Àquela hora da manhã as pessoas costumavam fazer muito barulho, mesmo que fossem apenas as lavadeiras — cantavam, gritavam, berravam. Agora havia apenas sol, água e silêncio. Em Arcassanta sempre há muito sol, abundante e forte. A princípio, achei incomum. Nem sempre as lavadeiras estão dispostas a trabalhar. Depois achei que aquilo devia ser obra da minha mãe: com um pensamento ela mantinha as mulheres em casa e com o outro me levara até ali para que a polícia pudesse me surpreender junto à menina. Me faltava habilidade para trabalhar com os dois pensamentos, até para evitar que ela telefonasse. Devo ter sido alertado também por um dos meus pensamentos e não percebi na hora.

Dali pude observar a menina encostada na árvore. Morta e nua. Três cachorros tentavam se aproximar dela. Gritei. Joguei pedras. Um deles arreganhou os dentes Os outros tentavam fugir, correr, paravam aqui e ali, voltavam. Devem ter estranhado porque ela não fazia festa. Biba sempre brincou com os cachorros das redondezas, nunca os deixava sem carinho, num quase gesto maternal. Ela ficasse tranquila que as coisas andavam num mar de leveza. Ou num rio. Fugiríamos pelas águas, quem sabe, sem perigo de ataque. A menina seria um peixinho dourado do mar. Nunca mais Dolores ia ouvir falar da gente.

19. Um cachorro de cartucheira. E com revólver

Os policiais foram transformados em cachorros por Dolores. Pode ter certeza, Matheus, pode acreditar, é verdade.

Me esperavam.

E se eu me aproximasse fingindo acreditar que eram apenas cachorros de meio de estrada? Vira-latas comendo mato e pedra? Pobres cães indefesos? Ficariam tranquilos. Devia me aproximar com simplicidade. Demonstrava que via cachorro apenas onde havia cachorro. Sem escândalo.

Um deles, preto e branco, raceado, orelhas grandes e focinho liso, parecia conduzir uma cartucheira na cintura. E com um revólver, embora eu não tivesse certeza. Cachorro com revólver é perigoso. Ninguém tem medo de cartucheira vazia. Conheço pessoas que já apanharam de cartucheira na cara. Uma desmoralização. Para não estragar bala, diziam, só bato de cartucheira.

Era uma imprudência deixarem um cachorro com cartucheira e revólver me esperando. Pensavam que eu não ia desconfiar. Essas pessoas não acreditam em mim mesmo. Nunca me levam a sério. Aí se surpreendem quando percebem que não sou nada bobo. O perigo era que eu também podia ser transformado em cachorro.

Dolores não ia fazer uma coisa daquela comigo. Houve um tempo em que ela lia cartas de tarô, passava a tarde inteira jogando, esfregava os dedos, fazendo cálculos, interpretava o mundo, decifrando mistérios, desvendava segredos. Mas nunca a julguei capaz de transformar homens em cachorros. Com cartucheira, revólver e tudo.

Acendi os olhos para ver melhor. Tinha que me aproximar. Biba estava há muito tempo ao relento. O meu maior problema, no entanto, era Dolores, que guiava meus passos e mandava na minha vontade. Ela podia permitir que eu caminhasse até o rio para depois me transformar num gato, arrepiado e medroso. Sem defesa. Num gato, não, meu Deus, tenha piedade de mim. Eles vão me dilacerar.

Levantei-me segurando nas folhas do mato. Não sabia o que fazer com a perna esquerda. A gente nunca sabe mesmo o que fazer com a perna esquerda. É um escândalo. Então tirei uma corda que, por providência, coloquei na sacola e amarrei a perna na coxa. Joguei a sacola nas costas e transformei a caixa do saxofone em muleta. Chegara a hora da decisão. Enfrentava os policiais ou nada.

Quase caí. Precisava ter mais atenção. Nunca na minha triste, agoniada e aventurosa vida, necessitei de tanto equilíbrio. Os cachorros farejavam, grunhiam, andavam, mas não tocavam em Biba. Um deles passava a mão na cabeça, intrigado. Intrigado também eu. Talvez estivesse inquieto com o sexo exposto da menina. Ansioso. Ansioso e inquieto. Cada vez que enfrento uma situação difícil fico com a respiração pesada. Os ombros arreiam, o peito dói, o corpo desfalece. Falta saliva na boca. Um perigo para minha saúde nessa luta desigual. Desigual e confusa. Os cachorros bem perto. O de cartucheira já lambia os pés dela. Aproximava-me. Estavam tão perto de mim que, por um instante, imaginei que fossem pedir os documentos.

E por que Biba não os enxotava?

Também ela sabia que eram policiais? Não suportaria ser traído por ela. Por certo se mantinha quieta para facilitar meu trabalho. Para que eu me aproximasse em paz. Para não despertar desconfiança. Será que até ela tramava contra mim? Não creio. Não acreditava porque ela sabia que subiríamos o rio em direção ao mar e que nem todas as mulheres conseguem ser um peixinho dourado. Então eu lhe prometo um destino de peixinho dourado e ela me trai? Impossível. Mesmo assim, devia me prevenir. Dolores era capaz de qualquer coisa. Convenceu-a a ficar em casa, todos nós juntos, na santa alegria do lar. Também me convencia. Pensei em desistir de tudo. Bastava bater no ombro da menina, pronto, Biba, vamos para casa, acabou.

Sonhava com as nossas manhãs, nossas tardes e nossas noites, quando minha mãe ficava em silêncio na janela, talvez me ouvindo tocar saxofone, enquanto a menina dançava no quarto. Ela sempre gostou muito de dançar. Já me sentia outra vez sentado na cadeira de balanço, tocava saxofone, encostado no espaldar. Tocava sem necessidade de seguir uma linha melódica, obedecia apenas ao impulso, sem procurar as chaves, permitia que os dedos passeassem, o sopro sem esforço, os olhos fechados. A preguiça nos músculos.

Talvez atraído pelo cheiro dos sanduíches, um dos cachorros veio ao meu encontro. Tentei recuar, percebi que não havia fúria. Estranhei. Os policiais me recebiam sem latidos e dentes afiados. Soltei a sacola no chão, tirei os sanduíches, deixei que se alimentassem. Desconfiado, sempre desconfiado. Eles podiam estar fingindo para me atacar a qualquer momento. Debatiam-se, duelavam, comiam. Coisa mais esquisita os olhos desses bichos quando estão disputando alimentos. Ficam enfurecidos, odiosos, monstros. Os dentes arreganhados. Soltei a perna esquerda. Foi o que fiz, sentado na margem do rio. Minha sorte já não dependia dela. Eu estava atuando no espaço entre os dois pensamentos de Dolores. Precisava ficar atento para que ela não me torturasse de novo.

Bastou um pouco de comida e os cachorros já estavam deitados, lambiam as patas. Não mereciam confiança. Tinha sido fácil demais.

Agi com alguma rapidez, sempre preocupado com os olhos de minha mãe. Os olhos e os pensamentos — ela podia estar atrás de uma moita. Tive muito trabalho, muito trabalho mesmo. O corpo pesado e os movimentos difíceis. Estava inchando, não sei bem. Enrijecido. Fiz um pacto com os pensamentos, implorava que não me atrapalhassem mais uma vez. Prometi que depois passaria um dia inteiro caminhando somente com a perna direita. E se houvesse tempo e dinheiro, providenciaria a amputação. Tratava direto com os pensamentos, evitando a intermediação de Dolores.

Ajeitei o barco de madeira que ficava ali para ser utilizado pelas pessoas que atravessavam o rio. Biba ficou quase deitada, embora com os ombros levantados, o chapéu na cabeça, torta. Pulei para dentro, acomodava-me entre o saxofone e a sacola de roupas. Cansado, exausto, os braços abertos. Será que os cachorros não perceberam minha presença? Podia ser que estivesse morto mesmo. Os cachorros, no entanto, também podem ver almas, todo mundo sabe disso. Percebem e latem sem parar. Veem assassinos se aproximando nas emboscadas. Preparando golpes de faca ou tiro. Assim eu não era capaz de avaliar se era fantasma ou ser humano. E Biba continuava ali — morta. Morta desde a madrugada, posso confirmar porque fui eu quem encontrou o corpo, quando nem mesmo os cães haviam acordado. Nem os pássaros. Nem os galos. Todos dormiam.

Naquele instante, naquele instante mais obscuro e mais enigmático da minha vida, desta minha vida estúpida e corrompida, desta minha insignificante, ansiosa e medrosa vida, descobri, não sem um tanto de pesar e de agonia, de medo e de repulsa, de dor e de espanto, que o único desejo sincero que carreguei no sangue durante toda a vida foi matar minha mãe. O que é isso, Matheus? Não foi nada disso, não. Esteja certo. Você nunca quis matar a mãe. Você queria era derrotar Biba, sufocá-la, rebentá-la, estuprá-la, você nunca gostou de mim, Matheus, você nunca gostou. Só queria mesmo era mamar nos peitinhos murchos. Nem de você, nem de Dolores. Senti vontade de chorar. Você continua o mesmo, Matheus, idiota. Então aquela era hora de um homem chorar? Puta merda, Matheus, depois de tanta luta, tanto trabalho, tanto esforço, brigando contra tudo o que era trapaça, fazendo-me de corajoso, de uma coragem que não possuía, deixava-se dominar pelas lágrimas, num triste romantismo de rapariga em flor? Hein, Matheus, é assim?

Porra.

Ainda que fosse de raiva, de ódio, de danação, ainda que fosse de qualquer coisa, ainda que fosse de qualquer porcaria deste mundo torto, a coisa mais poderosa e justificável, ainda que fosse o raio da silibrina, ainda que fosse, não podia e não devia chorar. Eu sei, Dolores, eu sei. Choro é sempre choro, de alegria ou de amor, de remorso ou de paixão, de angústia ou de alívio, choro é sempre choro. Desculpe, Dolores, eu sei que você é minha mãe, eu sei. Para chorar, um homem tem que reunir todas as forças que existem e depois desabar. Fraqueza pura e líquida. Safadeza da alma sem destino.

Estou magoado com o mundo.

Ah, isso estou, com certeza.

Às vezes me perguntava o que era que as pessoas achavam daquela menina — ninguém sabia que estava morta, Matheus —, que passeava num barco em plena manhã ensolarada do Recife, num rio de água sujas, vestida numa blusa amarela de mangas longas e numa saia aciganada, conduzida por um homem que chorava e que desejava engolir o choro. Pare com essa mania de querer ser observado pelos outros, meu filho. Pare com isso. Talvez apenas admirassem, Dolores, o passeio numa hora daquelas, embora devesse ser normal numa cidade com tantos rios e tanta água. Preferi ficar quieto, admirado comigo mesmo, porque já não dava ao passeio esse caráter de fuga inevitável, aquele mesmo caráter que me atormentou tanto nos primeiros momentos.

Depois me lembrei das pessoas nas quais causei espanto porque imaginavam que eu estava fumando formiga com piteira. O que é bom. Seria ótimo repetir o gesto naquele instante. A vontade sempre se repete. Fiz tudo para me tornar fumante e não consegui. Fiz tudo. Ainda hoje me espanto levando dois dedos aos lábios sem que haja cigarros. As mulheres gostam de pose e de cigarros. Igual ao homem de chapéu-panamá, vestido de branco, sapatos de duas cores, a mão no bolso, fumando cigarro com piteira. Ele gostava tanto de ouvir meu saxofone. Não consegui me tornar um fumante, o que é uma lástima. Queria muito ser o homem de chapéu-panamá. Para não chorar nunca.

Naquela abundância de luz e água, tocado pelo vento da manhã que ameaçava esquentar, avancei um pouco, bati com as mãos na água, o barco girou, rodopiou, não sei mesmo se saiu do lugar. Me lembrava tanto de tia Guilhermina e seus peitos de pássaros. Devagar. A água esquentara na superfície, mas ainda continuava fria embaixo, a minha mão parecia um peixe. Feito os peixes dourados que morriam nas margens, sem fôlego, por causa da poluição. E por causa da brincadeira criminosa dos meninos. O sangue escorria mais ágil nas minhas veias. Possuído pela felicidade, eu estava possuído pela felicidade.

Lavei o rosto, os braços, o busto. Você está chorando, Matheus? Os cachorros continuavam parados na margem. Não sei por que o mais forte não puxou o revólver. Difícil nisso tudo foi derrotar o cachorro de cartucheira. Era bom olhar a menina. Morta. O que mais me emocionou, porém, foi o absoluto céu azul se alargando. A certeza de fugir com Biba para o mar e transformá-la num peixinho dourado.

20. Nem eu mesmo sabia que era eu

— Por que você matou Biba?

Agora eu queria dormir e não dormia. Meus pensamentos continuavam pensando e os pensamentos de Dolores e os pensamentos de Biba interferiam nos meus pensamentos. Coloquei as mãos molhadas por trás da cabeça, fechei os olhos. Não gostei da escuridão. Era mais reconfortante o azul infinito do mundo, o sol reverberando, as nuvens brancas mudando de lugar. Eu não gostava que as nuvens brancas mudassem tanto de lugar porque ficavam cansadas, iam se dissolvendo, se perdiam nos distantes.

Acho que nasci para ser contrariado.

Fui dormir e passei no quarto de Dolores. A porta estava entreaberta. A vela acesa sobre um pires na penteadeira. A luz da chama batia no espelho e dava a impressão de fogo que rasgava as entranhas. Vi com os olhos, observei com o sangue, testemunhei com a alma: as duas dormiam juntas, lindas. Por algum motivo a menina não se recolhera ao seu quarto de moça que não conhecia os segredos do corpo, a intimidade da pele, a solidão das carnes, os gemidos do coração. Elas se reuniam assim sempre que sentiam falta uma da outra, desde aquele tempo quando Dolores descobriu que eu dormia com a menina. Trocavam olhares, não batiam com as sandálias no corredor, transformadas em vento e silêncio. Nem fechavam a porta. Até porque sabiam que eu iria, a qualquer momento, atravessar a porta e me juntar a elas nos gemidos da madrugada.

A chama da vela iluminava e ensombreava as duas.

Dolores dormia com a blusa de cambraia aberta, o seio branco arriava, Biba estava deitada sobre o seu ventre, a boca aberta numa espécie de gozo sagrado, anjo que se entrega ao clamor do sangue, estertor de morte, pleno delírio de ressurreição. Minha mãe tinha o rosto quieto, os olhos fechados, os lábios finos, simétricos e inalterados, sem uma única ruga, a placidez de quem acaba de alcançar a felicidade, a menina passando o braço sobre o ombro dela, a mão pequena e rósea, os dedos finos e longos, desnuda da cintura para baixo, entregue aos encantos do sono.

Um passo atrás apenas. Apenas um passo atrás e me senti possuído de uma selvagem vontade derrotá-las. Uma força esquisita, estranha, me sustentava. Tossi. Tossi para que acordassem. Tossi. Não era possível deixá-las daquela maneira. Entre a alegria e a dor. Entre o sono e o desfalecimento. Devia também abraçá-las. Tinha alcançado um grau de felicidade que eu não podia suportar. Tão bom enlouquecer naquela madrugada. Ai, meu Deus, me tira daqui. Saí e voltei. Sai de novo. Me espantava com a visão das mulheres. Tão lindas, as duas. Tão lindas.

Deixa de ser bobo, Matheus, vai dormir. Estava cansado. Dorme um pouco e amanhã você esquece essa vontade de matar Dolores. Se naquele momento eu estivesse com o saxofone, tocaria uma valsa para me acalmar. Mas não, o instrumento não estava ali. Para que o assassino quer um saxofone? Nem passava uma formiga fumando com piteira. Nem um cachorro de cartucheira com revólver para me distrair. Nada de nada acontecia. E fui ficando feliz. Aí eu nem precisava me preocupar.

Colocaria o veneno no copo, justo no momento em que ela me daria as costas e se voltaria para a cama. Debruçava-se, ajeitando lençóis e travesseiros.

Dolores quer ser assassinada. Não suporta mais viver.

Feito no dia em que lhe disse quero conversar com você e era tão difícil dizer a minha mãe quero conversar com você. Me sentei na espreguiçadeira. Comecei a falar da morte do meu pai. Mais tarde ela revelaria que achara muito esquisita aquela história, uma inutilidade. Na verdade, eu não queria falar em coisa nenhuma. Não tinha nenhum assunto. Tudo o que eu queria era puni-la e punir Biba. Então planejara. Agradava-me a sensação de que me tornaria um criminoso. De que seria igual a ela. As pessoas teriam medo de mim, não ficariam mais me olhando daquela forma e nem mandavam no meu pensamento. Agora mesmo estão me olhando, mas não temo, não temo mesmo. E elas é que vão ficar preocupadas. Se ele é capaz de matar, então a gente deve ter cuidado. Se for possível, nem olha mais para ele. Sai de perto.

Não adianta. Sempre fui provisório.

Ela me olhava, me olhava sempre, estava sempre me olhando. Estava indo bem demais. Você quer falar comigo, meu filho? Era uma sensação tão boa. Me controlei. De qualquer maneira ela teria mudado a ordem do destino. Não quis. Me deu as costas. Pode-se dar as costas a um assassino que, mesmo não tendo a arma em punho, ensaiava o crime? Rejeitava a minha capacidade de matar. Tive raiva e não tive. Uma raiva permanente. Vigorosa. Para quê? Eu ia matar mesmo. Era o destino. Eu e o destino sempre nos demos muito bem. Camaradas.

Dolores preparara meus pensamentos para o crime. Não fui eu quem pensou em nada disso. Me abatia. Devia ter ficado abatido, de certa forma decepcionado, durante algum tempo. Será que o ato mais decisivo da minha vida não tinha sido preparado por mim? Ai, meu Deus, nem para isso eu prestava. Nem para isso. Ela planejara tudo junto com Biba. As duas morriam e me matavam. Não aguentara a lembrança da morte do meu pai. E como não era suicida, escolhera o matador. Vacilei. Ali estava ela morta, abraçada à menina, o peito arriado, Biba pedindo beijos e abraços, afagos e ternuras.

Na medida em que o barco deslizava nas águas do rio Capibaribe selvagem, triste, tosco e tenso, me deixei conduzir pelo silêncio. Pelo maravilhoso silêncio que transforma as horas. Deitado, coloquei o saxofone entre as pernas, respirei fundo, apoiei a cabeça no barco. Tinha sono, leve sono. Enquanto eu dormia deitado, o homem de roupa branca ficava de pé, a mão esquerda no bolso, sapatos de duas cores, rindo embaixo do bigode fino e do chapéu-panamá, protegendo-me contra os olhos que insistiam em me devorar. Ninguém mais podia comandar meus pensamentos. Agora só beijinhos e peixinhos no fundo do mar.

Ainda lembraria que tirei o braço da menina do ombro da minha mãe, amparei-a no meu corpo, carreguei-a para o meu quarto, como se faz com as crianças quando estão dormindo. Deixei-a na cama. Fechei a porta. Dolores poderia acordar e, sem querer, quando passasse pelo corredor, veria os dois na cama. A doçura de Dolores caminhando pela casa à noite, a camisola branca, transparente, os seios iluminados pela luz da vela. E nus. Porque tirei também a roupa e ela estava ali, a menina morta, nua e bela, quieta, lindas pernas e o colo macio, me esperando. O sangue de Dolores manchava a cama. Havia sangue em todos os lugares. E Dolores gostara muito de mim. Naquele silêncio entranhado. De facada e sexo, feito bolero de Tia Guilhermina.

Gostava tanto que resolveu me surpreender com o perfume nos cabelos, mesmo sem dizer uma palavra. E viva. Para sempre.

Recife (Cordeiro), 5 de janeiro de 2003 a 20 de dezembro (Rosarinho) de 2004.

Sobre o autor

1947 – Nasce Raimundo Carrero de Barros Filho, em 20 de dezembro, na rua coronel Manuel de Sá, 11, em Salgueiro, filho de Raimundo Carrero de Barros e de Maria Gomes de Sá. É o décimo de uma família de onze irmãos: Francisco, Manoel, Terezinha, Geralda, Geraldo, Lenilce, Waldemar, Maria Anália, Margarida e Felipe.

1953/55 – É alfabetizado pela professora Erotides Vasconcelos e estuda o primário nas Escolas Barbosa Lima e Manoel Leite, com as professoras Aurênia e Maria do Socorro.

1958 – Estuda música com os maestros Alfredo e Moisés da Paixão e estreia na Banda Filarmônica Paroquial de Salgueiro, fundada pelo Padre Domingos de França Dourado, em dezembro. Tocava requinta. Começam as primeiras leituras em volumes encaixotados na loja do pai. Teatro e romances.

1960 – Morre sua mãe Maria Gomes de Sá. É matriculado no internato do Colégio Salesiano do Recife, onde permanece durante dois anos, inclusive tocando clarinete e sax alto na banda, sob a regência do Maestro Bruno. Nesse mesmo ano começa a escrever no jornal do internato, editado pelo clérigo Aurélio Loyola.

1962 – Transfere-se para o externato e depois para o Colégio Arquidiocesano, da Arquidiocese de Olinda e Recife, hoje Colégio Padre Abranches, da Universidade Católica de Pernambuco.

1963 – Escreve uma peça de teatro — *As aventuras de Paulinho* — com José Araújo Neto, e ensaia com o grupo do Colégio Arquidiocesano. Dirige a peça *Mania de grandeza*, de Juracy Camargo, encenada no Teatro do Parque do Recife. Interessado em teatro e leitor de Shakespeare, Bernard Shaw e Ibsen, herança do irmão mais velho, Francisco. Acredita que será teatrólogo.

1964 – Estuda no Colégio Estadual de Salgueiro, hoje Colégio Carlos Pena Filho, onde preside o Diretório Estudantil. Começa a tocar sax-tenor e funda o conjunto *Os Cometas*, ao lado de Terezinha do Acordeon, Vadery, José Eudes de Menezes, Eurípedes Tamarindo, João Antônio Gonçalves Filho e Lourdinha Gonçalves.

1965 – Retorna ao Recife, matriculando-se no Colégio Salesiano, dirigido pelo Padre Colares. Vende livros em residências, integrando a equipe de vendedores da Mansão do Livro. Passa a tocar no conjunto *Os Tártaros*, na companhia de José Araújo, Djilson Beirão, Fred Monteiro e Walter. Anima festas e bailes e se apresenta em programas de televisão e rádio.

1968 – Escreve, na casa do irmão Geraldo, a primeira novela: *Grande mundo em quatro paredes*, que mostra a Ariano Suassuna. Torna-se amigo do autor de *O Auto da Compadecida*, de quem recebe indicações de leituras e verdadeiras aulas de criação literária, em conversas que duram horas, na rua do Chacon, em Casa Forte. Escreve a novela *Furna do cão*.

1969 – Na qualidade de repórter setorial é contratado pelo *Diário de Pernambuco*, onde trabalhará até fevereiro de 1991, ocupando vários cargos e editorias, entre elas, a Chefia da Redação e a Secretaria de Redação. Por diversas vezes substitui o Editor Geral, cargo correspondente hoje a Diretor de Redação. Durante mais de cinco anos é responsável pela edição completa da segunda--feira, com destaque para esportes e problemas da cidade.

1970 – Escreve a peça *Anticrime*, que é representada no Teatro do Parque do Recife, numa curta temporada de quinze dias. Devido às cheias que assolavam a capital pernambucana, o texto original desapareceu.

1971 – Atendendo a convite do escritor Ariano Suassuna ingressa no Departamento de Extensão Cultural, da Universidade Federal de Pernambuco (UFPE), como recibado. Faz concurso, em fevereiro de 1972, e passa a integrar os quadros da UFPE, atuando no *Jornal Universitário*. Escreve o romance *A prisioneira do castelo*.

1972 – Nasce o seu filho Rodrigo Octávio D'Azevedo Carrero. Escreve um livro de contos, *O domador de espelho*, que é recomendado para publicação na Editora Civilização Brasileira pelo escritor Hermilo Borba Filho. O livro não é publicado. Em maio do ano seguinte (1973) escreve a novela *A história de Bernarda Soledade – A Tigre do Sertão*.

1974 – Surge o ensaio *Movimento Armorial*, de Ariano Suassuna, do qual participa com o conto "O bordado – A pantera-negra", adaptado para folheto de cordel pelo escritor paraibano. Este ensaio examina as linhas básicas do movimento que transformaria a cultura nordestina, através da literatura, da música, das artes plásticas, do teatro e da dança. Conhece Odylo Costa, filho, que o apresenta a Álvaro Pacheco, editor da Artenova, do Rio de Janeiro.

1975 – Publica *A história de Bernarda Soledade – A Tigre do Sertão*, com longo prefácio de Ariano Suassuna, que explica as qualidades armoriais da novela. Affonso Romano de Sant'Anna escreve longo artigo na revista *Veja* examinando o livro, e Haroldo Bruno, em *O Globo*, ressalta a sua força. O livro ganha amplo espaço na imprensa. Em artigo, no jornal *Última Hora*, do Rio de Janeiro, Odylo Costa, filho, chama-a de "obra-prima". Por decisão de Ariano, então secretário de Cultura da Prefeitura do Recife, integra o Conselho Municipal de Cultura.

1976 – Nasce o seu filho Diego Raphael D'Azevedo Carrero. Encontra enormes dificuldades para escrever. Dividido entre o jornalismo, a literatura e o mundanismo — ocupa sucessivas editorias no *Diário de Pernambuco* —, não consegue desenvolver esboços de ficção. Começa, no entanto, a escrever *As sementes do sol – O semeador*, na praia de Piedade, Jaboatão, onde mora com a família, em meio a uma crescente crise espiritual.

1979 – Viaja a São Luiz do Maranhão, onde visita Francisco, o irmão mais velho. Aproveita para escrever capítulos da novela que, ainda assim, continua difícil e enfadonha, até mesmo porque enfrenta os problemas religiosos do autor. Retorna ao Recife, e prossegue o trabalho em 1980. Aí, ainda em janeiro, conclui a tarefa, já no apartamento da praça Chora Menino, onde passa a residir.

1981 – Publica *As sementes do sol – O semeador* pela Companhia Editora de Pernambuco — Cepe. O livro reflete a questão religiosa que o atinge, envolvido com uma grande atração pela bebida e por noitadas. Dedica-se à leitura sistemática da Bíblia. A epígrafe do poema de Drummond — "Há alma no homem? E quem pôs na alma algo que a destrói?" — documenta essa época. Escreve a peça de teatro *O misterioso encontro do Destino com a Sorte,* que, mais tarde, será transformada na novela *As sombrias ruínas da alma.* Conclui o texto *Os cães do campo.* Esta peça também desapareceu.

1984 – Publica *A dupla face do baralho* pelo convênio Editora Francisco Alves, do Rio de Janeiro, e Prefeitura do Recife, com posfácio do poeta Marcus Accioly. É traduzida para o inglês pelo professor Arthur Brakel, de Michigan, Estados Unidos. Dificuldades editoriais impedem a publicação. No Brasil, o livro alcança repercussão, é adotado em colégios e universidades, estabelece um momento definitivo na obra do escritor. Escreve *Sombra severa,* entre fevereiro e novembro, e começa a escrever *Viagem no ventre da baleia.*

1985 – Investe em *Viagem no ventre da baleia,* com elementos de uma autobiografia precoce. Faz uma revisão política e espiritual de suas atividades. Transfere-se para a Televisão Universitária, da UFPE, onde passa a redator do *Jornal Universitário* e do noticiário da Rádio Universitária. Faz comentários literários para as duas emissoras.

1986 – Conquista o Prêmio Lucilo Varejão, da Prefeitura do Recife, com *O senhor dos sonhos,* pela editora Atual, de São Paulo, com boa repercussão. Lançado na Bienal de São Paulo, o livro logo chega à sexta edição. A partir da sétima edição é publicado pelas Edições Bagaço, do Recife. Escreve uma nova versão de *Viagem no ventre da baleia,* que conclui, e publica-o pelo convênio Fundação do Patrimônio Histórico e Artístico de Pernambuco — Fundarpe e Editora Tempo Brasileiro, do Rio de Janeiro. É premiado com o José Conde, do Governo de Pernambuco, pela novela *Sombra severa.* Em um só ano, três novos livros.

1987 – Recebe, em Porto Alegre, durante solenidade no Teatro São Pedro, o prêmio Revelação do Ano, pelo romance *Viagem no ventre da baleia.* Foram também premiados, na qualidade de consagrados, Ferreira Gullar, João Antônio, Thiago de Mello, entre outros. Começa a escrever *Maçã agreste,* que se transformaria num dos seus romances mais importantes, embora com pouca repercussão na imprensa.

1988 – Em janeiro, conclui *Maçã agreste*, que é publicada em março pela Editora José Olympio. Em artigo no *Globo*, Edilberto Coutinho ressalta que, finalmente, o Recife conquistara o seu romancista. Insiste em situá-lo entre os melhores ficcionistas da geração brasileira, ao lado de João Ubaldo Ribeiro, Antônio Torres e Márcio de Souza.

1989 – Em dezembro, morre o seu pai, Raimundo Carrero de Barros. Viaja aos Estados Unidos, a convite da embaixada norte-americana, para visita a universidades e centros de estudos. Conhece a família de William Faulkner. Inicia a implantação da Oficina de Criação Literária, com aulas na Livraria Síntese, no Recife. A turma revela, entre outros, Marcelino Freire, Wilson Freire, Eugênia Menezes e Maria Pereira de Albuquerque.

1990 – Escreve a primeira versão de *Sinfonia para vagabundos – Visões em preto e branco para sax-tenor*. Volta aos Estados Unidos, na qualidade de bolsista do International Writting Program, da Universidade de Iowa. Convive com escritores da África e do Leste europeu, além de latinos: Enrique Butti (Argentina), Antonio Ortega (Venezuela) e Silvia Molina (México). Escreve a segunda versão da novela. Os livros *Maçã agreste* e *Sombra severa* passam a ser leituras obrigatória dos vestibulandos da Universidade Católica de Pernambuco e Fesp — Fundação do Ensino Superior de Pernambuco.

1991 – Escreve a terceira versão de *Sinfonia*, que é publicada, no ano seguinte, pela editora Estação Liberdade, de São Paulo. Promove, em convênio com a Fundação Joaquim Nabuco e com a Fundarpe, o seminário "Escritores ao Vivo", que consiste em palestras e debates com intelectuais brasileiros em cidades do interior pernambucano, entre elas Caruaru e Petrolina. Participam Affonso Romano de Sant'Anna (Recife), Márcio de Souza (Caruaru), Antônio Torres (Caruaru) e Dionísio Silva (Petrolina).

1993 – Por solicitação das Edições Bagaço, escreve a novela *Os extremos do arco-íris*, adotada nas escolas de segundo grau, em Pernambuco.

1994 – Começa a escrever *Somos pedras que se consomem*, recorrendo a recortes e a editoriais de jornais e revistas. As Edições Bagaço passam a publicar as edições posteriores de *Sinfonia para vagabundos*, além de *A história de Bernarda Soledade* e *O senhor dos sonhos*.

1995 – É nomeado diretor-presidente da Fundarpe pelo governador Miguel Arraes, em terceiro mandato, por indicação do secretário de Cultura, Ariano Suassuna. A Editora Iluminuras lança *Somos pedras que se consomem*. Em outubro ganha o Grande Prêmio de Crítica da Associação Paulista de Críticos de Arte — APCA. Em dezembro figura na relação das melhores obras de ficção do ano do *Jornal do Brasil* e *O Globo*. Finalista do Prêmio Jabuti, da Câmara Brasileira do Livro.

1996 – Ganha o Prêmio Machado de Assis, da Fundação Biblioteca Nacional, por *Somos pedras que se consomem*. Aparece entre os dez finalistas do Prêmio Jabuti, da Câmara Brasileira do Livro, ainda com *Somos pedras que se consomem*. Recebe a Medalha do Mérito da Fundação Joaquim Nabuco, instituição criada pelo escritor Gilberto Freyre.

1998 – Deixa a Fundarpe e é nomeado secretário adjunto da Secretaria de Cultura do Estado de Pernambuco. Dedica-se com maior empenho à Oficina de Criação Literária, que é aplicada na União Brasileira de Escritores, no bairro de Casa Forte, inicialmente com apenas uma turma de dez alunos. Promove na Fundação Joaquim Nabuco o seminário "Estrutura do Enredo e Desenvolvimento do Personagem". Começa a escrever *Ao redor do escorpião...uma tarântula?*, com o título "Natureza perversa". Inicia a publicação de perfis no *Diário de Pernambuco*. Assina uma coluna esportiva nesse mesmo jornal, chamada "Carrero na área", para comentar, inicialmente, a Copa do Mundo da França, e, depois, o campeonato nacional de futebol.

1999 – Lança, através da Editora Iluminuras, o livro de contos e novelas *As sombrias ruínas da alma*, reunião dos contos que vem escrevendo desde cedo, além da novela-título que é, na verdade, a peça de teatro *O misterioso encontro do destino com a sorte*. O suplemento literário "Prosa e Verso", do jornal carioca *O Globo*, dedica duas páginas — resenha e entrevista — à novela com o título geral: "Anjos e Demônios — Raimundo Carrero conquista a literatura brasileira".

2000 – Ganha o Prêmio Jabuti com *As sombrias ruínas da alma*. Recebe várias homenagens no Recife, entre elas da União Brasileira de Escritores, do Espaço Pasárgada (Governo do Estado), da Nossa Livraria e do *Diário de Pernambuco*. Escreve nova versão de *Ao redor...*, agora com o título "Comigo a natureza enlouqueceu".

2001 – A Iluminuras publica nova edição de *Sombra severa*. Resenhas surgem em todos os grandes jornais e revistas brasileiras. A revista *Cult* dedica seis páginas à sua obra, também com resenha e entrevista.

2003 – Tenta encontrar a pulsação definitiva de *Ao redor...* Não consegue. Escreve e reescreve. Opta por nova versão com novo título: "O delicado abismo da desordem". Escreve a última versão com título definitivo *Ao redor do escorpião... uma tarântula?* O livro é lançado em dezembro. É eleito para a cadeira número seis da Academia de Artes e Letras de Pernambuco.

2004 – A Iluminuras lança a segunda edição, de *Sombra severa* — na verdade, a quarta, porque há duas edições da Editora José Olympio. Sai a terceira edição de *Somos pedras que se consomem*. É finalista do prêmio Portugal Telecom. Participa da Festa Literária Internacional de Paraty, ao lado do francês Pierre Michon. Profere palestra na Feira do Livro de Brasília, em setembro, e realiza oficina de criação literária no Itaú Cultural, em novembro. É eleito para a cadeira número três da Academia Pernambucana de Letras.

2005 – Têm início as celebrações dos seus trinta anos de atividades literárias. Toma posse na Academia Pernambucana de Letras.

CADASTRO
ILUMI URAS

Para receber informações
sobre nossos lançamentos e
promoções envie e-mail para:

cadastro@iluminuras.com.br

Este livro foi composto em Agaramond pela
Iluminuras, e terminou de ser impresso nas
oficinas da *Meta Brasil Gráfica*, em Cotia, SP,
sobre papel off-white 80 gramas.